地 大地 大地 大地 大地 大地 大地 大地 大地 大地

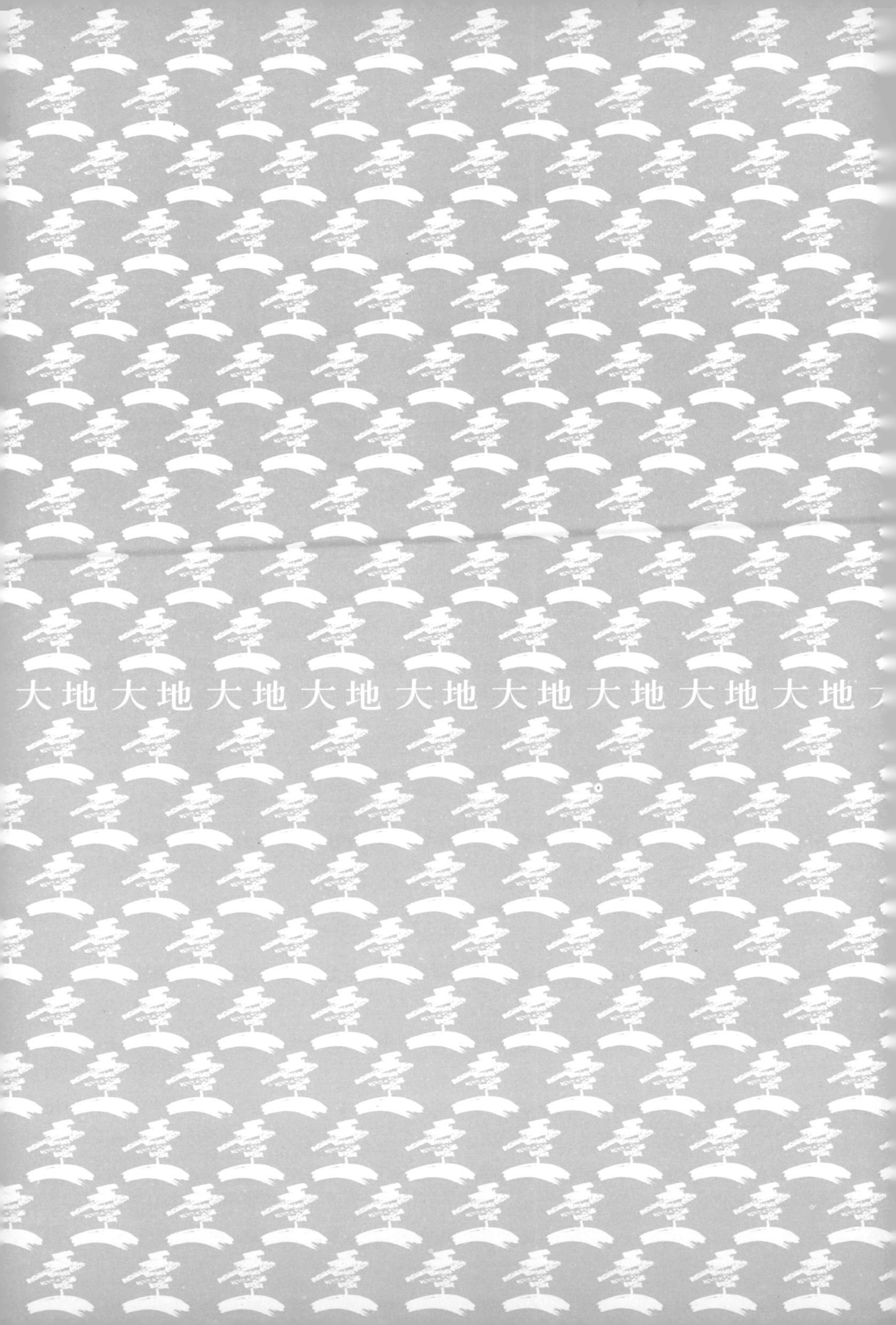
大地大地大地大地大地大地大地大地大地

大地譯叢 3

名詩欣賞

一切的峰頂

沉櫻 編

目錄

代序——新詩的紛歧路口　七

哥德（Goethe, Johann Wolfgang von; 1749-1832 德國）　一五

流浪者之夜歌

對月吟

流浪者之夜歌

迷娘歌

幸福的憧憬

守望者之歌

神祕的和歌

自然（散文詩）

布萊克（Blake, William; 1757-1828 英國）　三九

天真的預示
蒼蠅
雪萊（Shelley, Percy Bysshe; 1792-1822 英國） 四五
問月
柏洛米修士的光榮
雨果（Hugo, Victor Marie; 1802-1885 英國） 四九
播種季——傍晚
波特萊爾（Baudelaire, Charles; 1821-1867 法國） 五七
祝福
契合
露臺
秋歌
尼采（Nietzsche, Friedrich; 1844-1900 德國） 七七

流浪人
秋
叔本華
威尼斯
松與雷
最孤寂者
醉歌
遺囑
太陽落了

魏爾崙（Verlaine, Paul; 1844-1896 法國） 一〇三

月光曲
感傷的對語
白色的月

淚流在我心裡
獄中
梵樂希（Valery, Paul; 1871-1945 法國）　一一五
水仙辭（少作）
水仙的斷片（晚作）
里爾克（Rilke, Rainer Maria; 1875-1926 德國）　一五一
嚴重的時刻
這村裡
軍旗手的愛與死之歌
泰戈爾（Tagore, Rabindranath; 1861-1941 印度）　一七七
無題
附註　一八一
附錄　一八九

新詩的紛歧路口（代序）

雖然新詩運動距離最後的成功還很遠，在這短短的幾十年間已經有了驚人的發展卻是不容淹沒的事實。如果我們平心靜氣地回顧與反省，如果我們不爲「新詩」兩字的表面意義所迷惑，我們將發現現在詩壇一般作品——以及這些作品所代表的理論（意識的或非意識的）所隱含的趨勢——不獨和初期作品的主張分道揚鑣，簡直剛剛相背而馳：我們的新詩，在這短短的期間，已經和傳說中的流螢般認不出它腐草的前身了。

這並非對於提倡新詩者的詬病或調侃；因爲這只是一切過渡時期的自然的現象和必經的歷程。和一切歷史上的文藝運動一樣，我們新詩的提倡者把這運動看作一種革命，就是說，一種玉石俱焚的破壞，一種解體。所以新詩的發動和當時的理論或口號，——所謂「建設明瞭的通俗的社會文學」，所謂「有什麼話說什麼話」，——不僅是反舊詩的，簡直是反詩的；不僅是對於舊詩和舊詩體的流弊之洗刷和革除，簡直是把一切純粹永久的詩的眞元全盤誤解與抹煞了。

可是當破壞的狂風熱浪吹過之後，一般努力和關心於新詩前途的人，一面由於本身經驗的精密沉潛的內省，一面由於西洋詩的深一層認識的印證，便不自主地被引到一些平凡的，但是不可磨滅的事實前面：譬如，詩不僅是我們自我的最高的並且是最親切的表現，所以一切好詩，即使是屬於社會性的，必定要經過我們全人格的浸潤與陶冶；譬如形式是一切藝術的生命，所以詩，最高的藝術，更不能離掉形式而有偉大的生存；譬如，文藝的創造是一種不斷的努力與無限的忍耐換得來的自然的合理的發展，所以一切過去的成績，無論是本國的或外來的，不獨是我們新藝術的根源，並且是我們的航駛和冒險的燈塔；譬如，文藝的欣賞是讀者與作者心靈的密契，所以愈偉大的作品有時愈不容易被人理解，因而「艱深」和

「平易」在文藝的評價上是完全無意義的字眼．．．．於是一般文學革命家用以攻擊舊詩的種種理由便幾乎無形中一一推翻了。

在他們反對舊詩的許多理由中，只有兩個，經過了重大修改之後，我們還覺得可以成立：一是關於表現工具或文字問題的，一是關於表現方式或形式問題的。

我們並不否認舊詩的形式自身已臻於盡善盡美；就形式論形式，無論它的節奏，韻律和格式都無可間言。不過和我們所認識的別國的詩體比較，和現代生活的豐富複雜的脈搏比較，就未免顯得太單調太少變化了。我們也承認舊詩的文字是極精鍊純熟的。可是經過了幾千年循循相因的使用，已經由極端的精鍊和純熟流爲腐濫和空洞，失掉新鮮和活力，同時也失掉達意，尤其是抒情的作用了。

這兩點，無疑地，是舊詩體最大的缺陷，也是我們新詩唯一的存在理由。

但利弊是不單行的。新詩對於舊詩的可能的優越也便是我們不得不應付的困難：如果我們不受嚴密的單調的詩律的束縛，我們也失掉一切可以幫助我們把捉和搏造我們的情調和意境的憑藉；雖然新詩的工具，和舊詩的正相反，極富於新鮮和活力，它的貧乏和粗糙之不宜於表達精微委婉的詩思卻不亞於後者的腐濫和空洞。於是許多不易解決的問題便接踵而來了。

譬如，什麼是我們的表現工具——語體文——的音樂性？怎樣洗鍊和培植這工具，使粗糙變爲精細，生硬變爲柔韌，貧乏變爲豐富，生澀變爲和諧？我們應該採用什麼表現方式，無定形的還是有規律的？如果是後者，什麼是我們新規律的根據？

這些問題，不用說，絕非一人一時所能解答的：我們簡直可以說，獲得它們圓滿答案的那一天，便是新詩奏凱旋的一天。這或者就是爲什麼我們的詩壇——雖然經過許多可欽佩的詩人的努力，而且是獲取局部成功的努力——我們的詩壇仍然充塞著淺薄的內容配上紊亂的形體（或者簡直無形體）的自由詩：我們的意志和毅力是那麼容易被我們天性中的懶惰與柔儒征服的！

這並非我們無條件地輕蔑或反對自由詩。歐美的自由詩（我們新詩運動的最初典型），經過十幾年的掙扎與奮鬥。已經肯定它是西洋詩的演進史上一個波浪——但僅是一個極渺小的波浪；佔穩了它在西洋詩體中所要求的位置——但僅是一個微末的位置。這就是說在西洋詩無數的詩體中，自由詩只是聊備一體而已。說也奇怪，過去最有意識，聲勢最浩大的自由詩運動象徵主義，曾經在前世紀末給我們一個詩史上空前絕後的絢爛的幻景的，現在事過境遷，相隔不過二、三十年，當我們回頭來作一個客觀的總核算的時候，其中站得住的詩人最多不過四、五位。這四、五位中，又只剩下那有規律的一部份作品。而英國現代最成功的自由詩人埃利爾特（T. S. Eliot），在他自選的一簿本詩集和最近出版的兩三首詩中，句法和章法犯了文學批評之所謂成套或濫調（Mannerism）的，比他所攻擊的有規律的詩人史文朋（Swinburne）不知多了幾多倍。

這對於我們不僅是一個警告，簡直是不容錯認的啓迪：形式是一切文藝品永生的原理，只有形式能夠保存精神的經營，因爲只有形式能夠抵抗時間的侵蝕。想明白這道理，我們只要觀察上古時代傳下來的文獻，在那還沒有物質的符號做記載的時代，一切要保存而且值得保存的必然地是容納在節奏分明，音調鏗鏘的語言裡的。這是因爲從效果言，韻律的作用是直接施諸我們的感官的，由音樂和色彩和我們的視覺和聽覺交織成一個螺旋式的調子，因而更深入地銘刻在我的記憶上；從創作本身言，節奏、韻律、意象、詞藻……這種種形式的原素，這些束縛心靈的鐐銬，這些限制思想的桎梏，眞正的藝術家在它們裡面只看見一個增加那鬆散的文字的堅固和彈力的方法，一個磨練自己的好身手的機會，一個激發我們最內在的精力和最高貴的權能，強逼我們去出奇制勝的對象。正如無聲的呼息必定要流過狹隘的簫管纔能夠奏出和諧的音樂，空靈的詩思亦只有憑附在最完美最堅固的形體纔能達到最大的豐滿和最高的強烈。沒有一首自由詩，無論本身怎樣完美，能夠和一首同樣完美的有規律的詩在我們心靈裡喚起同樣宏偉的觀感，同樣強烈的反應的。

所以，我們似乎已經走到了一個分歧的路口。新詩的造就和前途將先決於我們的選擇和去就。一個是自由詩的，和歐美近代的自由詩運動平行，或者乾脆就是這運動一個支流，就是說，西洋的悠長浩大的詩史中一個支流的支流。這是一條捷徑，但也是一條無展望的絕徑。可是如果我們不甘心我們努力的對象是這麼輕微，我們活動的可能性這麼有限，我們似乎可以，並且應該，上溯西洋近代詩史的源流和歐洲文藝復興各國新詩運動——譬如，義大利的但丁和法國的七星社——並列，爲我們的運動樹立一個遠大的目標，一個可以有無窮的發展和無盡的將來的目標。除了發現新音節和創造新格律，我們看不見可以引我們實現或接近我們的理想的方法。

但是發現新音節，創造新格律：談何容易！我們目前只有腳踏實地去努力，按照各人的個性去嘗試，去探討，去鉤尋，——所以就是自由詩，如果我們不把它本身當作一個目的而只是一種試鍊文字的彈性的手段，也不是完全無意義的。至於努力的步驟，不外創作、理論和翻譯。創作所以施行和實驗，理論（包括了批評）所以指導和匡扶，它們的重要大概是不會有人加以否認的。還有翻譯，雖然有些人覺得容易又有些人覺得無關大體，我們卻以爲，如果翻譯的人不率爾操觚，是輔助我們前進的一大推動力。試看英國詩是歐洲近代詩史中最光榮的一頁，可是英國現行的詩體幾乎沒有一個不是從外國——法國或義大利——移植過去的。翻譯，一個不獨傳達原作的神韻並且在可能內按照原作的韻律和格調的翻譯，正是移植外國詩體的一個最可靠的辦法。

哥德

GOETHE

■哥德（Goethe, Johann Wolfgang von; 1749-1832）

德國最偉大的詩人，也是文藝復興以來，世界文壇的文學大師。文學貢獻廣及各種文體，自一七七〇年代至其去世之間，德國所有文學的主要發展都看得出哥德的影響。興趣廣泛，除了是文學家之外，也是傑出的政治家及科學家。哥德出生法蘭克福，父親爲律師，母親是大畫家克拉納赫（Lucas Cranach）。之後，十六歲到萊比錫大學研習法律，但也醉心文學等藝術。

哥德的抒情詩可謂「哥德一生的反省片段集」，提供後人深入了解其思想與人格。作品包括悲劇《浮士德》、《貝利欣根》、《埃格蒙特》，還有小說《少年維特的煩惱》。晚年致力撰寫自傳《我這一生》，以文字表達成長過程對社會、情緒及知識的心路歷程。一八三二年逝於威瑪。

流浪者之夜歌〔註〕

你降自蒼穹
來撫慰人間的憂傷與創痛；
把靈芝的仙芬
加倍薰陶那加倍苦悶的魂：
唉！我已倦於擾攘和奔波！
何苦這無端的哀樂？
甘美的和平啊！
來，唉！請來臨照我心窩！

對月吟

你又把靜的霧輝
籠遍了林澗，
我靈魂也再一回
融解個完全；

你遍向我的田園
輕展著柔盼，
像一個知己的眼
親切地相關。

我的心常震盪著
悲歡的餘音，
在苦與樂間躑躅
當寂寥無人。

流罷，可愛的小河！
我永不再樂：
密誓，偎抱與歡歌
皆這樣流過。

我也曾一度占有
這絕世異珍！
徒使你充心煩憂

永不能忘情！

嗚罷，沿谷的小河，
不息也不寧，
嗚罷，請為我的歌
低和著清音！

任在嚴冽的冬宵
你波濤怒漲，
或在豔陽的春朝
催嫩蕊爭放。

幸福呀，誰能無憎

去避世深藏，
懷抱著一個知心
與他共安享。

那人們所猜不中
或想不到的——
穿過胸中的迷宮
徘徊在夜裡。

流浪者之夜歌〔註〕

一切的峰頂
沉靜，
一切的樹尖
全不見
絲兒風影。
小鳥們在林間無聲。
等著罷：俄頃
你也要安靜。

迷娘歌

你可知道那檸檬花開的地方？
黯綠的密集中映著橘橙金黃，
駘盪的和風起自蔚藍的天上，
還有那長春幽靜和月桂軒昂——
你可知道嗎？
那方啊！就是那方，
我心愛的人兒，我要與你同往！
你可知道：那圓柱高聳的大廈，

那殿宇的輝煌，和房櫳的光華，
還有佇立的白石像凝望著我：
「可憐的人兒，你受了多少折磨？」——
你可知道嗎？
　　那方啊！就是那方，
庇護我的恩人，我要與你同往！

你可知道那高山和它的雲徑？
騾兒在濃霧裡摸索它的路程，
黝古的蛟龍在幽壑深處隱潛，
崖砯石轉，瀑流在那上面飛湍——
你可知道嗎？
　　那方啊！就是那方，

我們趲程罷，父親；讓我們同往！

幸福的憧憬

別對人說，除了哲士，
因為俗人只知嘲諷：
我要頌揚那渴望去
死在火光中的生靈。

在愛之夜的清涼裡，
你接受，又賜予生命；
異樣的感覺抓住你，
當燭光靜靜地輝映。

你再也不能夠蟄伏
在黑暗的影裡困守，
新的悵望把你催促
去赴那更高的婚媾。

你不計路程的遠近，
飛著跑來，像著了迷，
而終於，貪戀著光明，
飛蛾，你被生生焚死。

如果你一天不發覺
「你得死和變！」這道理，
終是個淒涼的過客

在這陰森森的逆旅。

守望者之歌

——譯自浮士德

生來為觀看，
矢志在守望，
受命居高閣，
宇宙真可樂。
我眺望遠方，
我諦視近景，
月亮與星光，
小鹿與幽林，

紛紜萬象中，
皆見永恆美。
物既暢我衷，
我亦悅己意，
眼呵你何幸，
凡你所瞻視，
不論逆與順。
無往而不美！

神祕的和歌

——譯自浮士德

一切消逝的
不過是象徵；
那不美滿的
在這裡完成；
不可言喻的
在這裡實行；
永恆的女性
引我們上升。

自然
——斷片

自然！她環繞著我們，圍抱著我們——我們不能越出她的範圍，也不能深入她的祕府。不問也不告訴我們，她便把我們捲進她的漩渦圈裡，挾著我們奔馳直到，倦了，我們脫出她的懷抱。

她永遠創造新的形體；現在有的，從前不曾有過；曾經出現的，將永遠不再來：萬象皆新，又終古如斯。

我們活在她懷裡，對於她又永遠是生客。她不斷地對我們說話，又始終不把她的祕密宣示給我們。我們不斷地影響她，又不能對她有絲毫把握。

她裡面的一切都彷彿是爲產生個人而設的，她對於個人又漠不關懷。她永遠建設，永遠破壞，她的工場卻永遠不可及。

她在無數兒女的身上活著，但是她，那母親，在那裡呢？她是至上無二的藝術家：把極單純原料化爲種種極宏偉的對照，毫不著力便達到極端的美滿和極準確的精密，永遠用一種柔和的輕妙描畫出來。她每件作品都各具心裁，每個現象的構思都一空倚傍，可是這萬象只是一體。

她給我們一齣戲看：她自己也看見嗎？我們不知道；可是她正是爲我們表演的，爲了站在一隅的我們。

她裡面永遠有著生命，變化，流動，可是她毫不見進展。她永遠遷化，沒有頃刻間歇。她不知有靜止，她咒詛固定。她是靈活的。她的步履安詳，她的例外稀有，她的律法萬古不易。

她自始就在思索而且無時不在沉思；並不照人類的想法而照自然的想法。她爲自己保留了一種特殊而普遍的思維祕訣，這祕訣是沒有人能窺探的。

一切人都在她裡面，她也在一切人裡面。她和各人都很友善的遊戲：你越勝她，她也越喜歡。她對許多人動作得那麼神祕，他們還不曾發覺，她已經做完了。

即反自然也是自然。誰不到處看見她，便無處可以清清楚楚地看見她。

她愛自己而且藉無數的心和眼永遠黏附著自己。她盡量發展她的潛力以享受自己。不斷地，她誕生無數新的愛侶，永無厭足地去表達自己。

她在幻影裡得著快樂。誰在自己和別人身上把它打碎，她就責罰他如暴君；誰安心追隨它，它就把它像嬰兒般偎摟在懷裡。

她有無數的兒女。無論對誰她都不會吝嗇；可是她有些驕子，對他們她特別慷慨而且犧牲極大。一切偉大的，她都用愛護來蔭庇他。

她使她的生物從空虛中濺湧出來，卻不對它們說從那裡來或往那裡去。它們儘管走就得了。只有她認得路。

她行事有許多方法，可是沒有一條是用舊了的，它們永遠奏效而且變幻多端。

她所演的戲永遠是新的，因爲她永遠創造新的觀眾。生是她最美妙的發明，死是她用以獲得無數的生的技術。

她用黑暗的幕裹住人，卻不斷地推他向光明走。她把他墜向地面，使他變成懶惰和沉重，又不斷地搖他使站起來。

她給我們許多需要，因爲她愛動。那眞是奇蹟：用這麼少的東西便可以產生這不息的動。一切需要都是恩惠：很快滿足，立刻又再起來。她再給一個嗎?那又是一個快樂的新源泉；但很快她又恢復均衡了。

她刻刻都在奔赴最遠的途程，又刻刻都達到目標。

她是一切虛幻中之虛幻，可是並非對我們：對我們她把自己變成了一切要素中之要素。

她任每個兒童把她打扮，每個瘋子把她批判。萬千個漠不關心的人一無所見地把她踐踏：無論什麼都使她快樂，無論誰都使她滿足。

你違背她的律法時在服從她；企圖反抗她時也在和她合作。無論她給什麼都是恩惠，因爲她先使變爲必須的。她故意延遲，使人渴望她；特別趕快，使人不討厭她。

她沒有語言也沒有文字，可是她創造無數的語言和心，藉以感受和說話。

她的王冕是愛；單是由愛你可以接近她。她在眾生中樹起無數的藩籬，又把它們全數吸收在一起。你只要在愛杯裡啜一口，她便慰解了你充滿著憂愁的一生。

她是萬有。她自賞自罰，自樂又自苦。她是粗暴而溫和，可愛又可怕，無力卻又全能。一切都永遠在那裡，在她身上。她不知有過去和未來。現在對於她是永久。她是慈善的。我讚美她的一切事功。她是明慧而蘊藉的。除非她甘心情願，你不能從她那裡強取一些兒解釋，或剝奪一件禮物。她是機巧的，可是全出於善意；最好你不要發覺她的機巧。

她是整體卻又始終不完成。她對每個人都帶著一副特殊的形相出現。她躲在萬千個名字和稱呼底下，卻又始終是一樣。

她把我放在這世界裡；她可以把我從這裡帶走。她要我怎麼樣便怎麼樣。她絕不會憎惡她手造的生物。解說她的並不是我。不，無論眞假，一切都是她說的。一切功過都歸她。

布萊克

BLAKE

■布萊克（Blake William; 1757-1827）

英國詩人、藝術家、鐫版畫家及神話作家。浪漫主義先驅，並是一位獨樹一格的浪漫派詩人。認爲想像力超越一切，包括十八世紀的理性主義及唯物主義等等。生於英國倫敦商人之家，十二歲開始寫詩。作品包括《天眞之歌》、《經驗之歌》、《米爾頓》等等。晚年受到朋友鼓勵，開始速寫、創作鐫版畫。他曾說：「眞正的人是永生的想像力。」一八二七年逝於倫敦。

天眞的預示

一顆沙裡看出一個世界，
一朵野花裡一座天堂，
把無限放在你的手掌上，
永恆在一刹那裡收藏。

蒼蠅

小蒼蠅，
你夏天的遊戲
給我的手
無心地抹去。

我豈不像你
是一隻蒼蠅？
你豈不像我
是一個人？

因為我跳舞，
又飲又唱，
直到一隻盲手
抹掉我的翅膀。

如果思想是生命，
呼吸和力量，
思想的缺乏
便等於死亡；

那麼我就是
一隻快活的蒼蠅，
無論是死，

無論是生。

雪萊

SHELLEY

■雪萊（Shelley, Percy Bysshe; 1792-1822）

英國抒情詩、戲劇詩人，爲理想主義急進份子。與英國著名文學家濟慈、拜倫同期。雪萊在同儕中最熱衷政治，成就斐然，具高度爭議性。擅長抒情詩、對話式及自傳性詩、政治歌謠等等。

出生富裕的男爵家庭，天賦極高，容貌英俊、個性放蕩。著作多於死後由妻子瑪麗彙整出版。其中又以篇幅短小的抒情詩、十四行詩及讚美詩表現最佳。作品包括《雲》、《致雲雀》、《康斯坦蒂雅之歌》。一八二二年於義大利旅遊時墜海身亡。

問月

你這樣蒼白：是否
倦於攀天和下望塵寰，
伶仃孤苦地漂流
在萬千異己的星宿間——
永久變幻，像無歡的眼
找不出什麼值得久盼？

柏洛米修士的光榮

忍受那希望以為無窮的禍災；
寬恕那比死或夜還黑的損害；
蔑視那似乎無所不能的權威；
愛，而且容忍；希望，直至從殘堆
希望創出它所凝視的對象來；
也不更改，也不躊躇，也不翻悔；
這就是，巨人，與你的光榮無異，
善良，偉大和快樂，自由和美麗；
這纔是生命，歡愉，主權，和勝利！

雨果

HUGO

■雨果（Hugo, Victor Marie; 1802-1885）

法國詩人、小說家及劇作家，主導法國的浪漫運動。他在法國主要被尊崇爲傑出的抒情詩人。雨果出生於法國柏桑松，父親是拿破崙一世的將軍，但是雨果父母感情失和，兩人分手後，雨果跟隨母親，承襲了母親反波拿巴主義的情緒。雨果寫作風格創新，瀰漫浪漫精神，受到史考特（Walter Scott）影響。一八四三年愛女的去世及姪女的精神失常對雨果帶來極大打擊，他逐漸關心社會正義。這種關心主要表現於一八四五年開始以悲慘人間爲標題撰寫，後來成爲他最偉大的社會意識小說《悲慘世界》。

一八四五年，雨果受封法國貴族。一八五一年法國政變，雨果與統治階級關係破裂，帶著家人逃到比利時，最後搬到根席島，一八六二年《悲慘世界》出版。一八七〇年拿破崙三世垮台，雨果光榮回到巴黎，不倦地繼續寫作。一八八五年逝於巴黎後，遺體還盛裝停柩在凱旋門供人憑弔，舉行國葬後再將他葬於先賢祠。

雨果的作品不斷出現主人翁特質，必須面臨放逐、敵意和極大的危險，才能爲人們帶來救贖。不但表達人類最深切的渴望，也成爲每個時代的理想。

播種季——傍晚

這正是黃昏的時分。
我坐在門樓下，觀賞
這白晝的餘輝照臨
工作的最後的時光。

在浴著夜色的田野，
我凝望著一個衣衫
襤褸的老人，一把把
將未來的收穫播散。

他那高大的黑身影
統治著深沉的耕地。
你感到他多麼相信
光陰的有益的飛逝。

他獨在大野上來去，
將種子望遠處拋擲，
張開手，又重覆開始，
我呢，幽暗的旁觀者，

沉思著，當雜著蜚聲，
黑夜展開它的影子，

彷彿擴大到了群星
那播種者莊嚴的姿勢。

波特萊爾

BAUDELAIRE

■波特萊爾（Baudelaire, Charles; 1821-1867）

法國詩人，是象徵主義運動的先驅，被視爲二十世紀初最具影響力的現代詩人，最著名的詩集爲《惡之華》。波特萊爾死後，其思想與作品才受到重視。艾略特稱他是：「一位生不逢時的古典學者和基督徒。」

其詩偉大之處在於結合古典和浪漫兩種截然不同特質，表達既敏感又深奧的超感性，探索情感世界。波特萊爾的生活放蕩荒唐，但又以犀利的文學批評及翻譯愛倫坡的作品聞名。晚年處境十分悲慘，不但被債務拖累，且健康日形惡化，在癱瘓和失語症交相折磨下逝於巴黎。

祝福

當詩人奉了最高權威的諭旨
出現在這充滿了苦悶的世間，
他母親，滿懷著褻瀆而且驚悸，
向那垂憐她的上帝拘著雙拳：

——「呀！我寧可生一團蜿蜓的毒蛇，
也不情願養一個這樣的妖相！
我永遠詛咒那霎時狂歡之夜，
那晚我肚裡懷孕了我的孽障！

既然你把我從萬千的女人中
選作我那可憐的丈夫的厭惡，
我又不能在那熊熊的火焰中
像情書般投下這侏儒的怪物，

我將使你那蹂躪著我的嫌憎
濺射在你的惡意的毒工具上，
我將拼命揉折這不祥的樹身
使那病瘵的蓓蕾再不能開放！」

這樣，她嚥下了她怨毒的唾沫，
而且，懵懵然於那永恆的使命，
她為自己在地獄深處準備著

那專為母罪而設的酷烈火刑。

可是，受了神靈的冥冥的蔭庇，
那被拋棄的嬰兒陶醉著陽光，
無論在所飲或所食的一切裡，
都嘗到那神膏和朧脂的仙釀。

他和天風遊戲，又和流雲對語，
在十字架路上醉醺醺地歌唱，
那護他的天使也禁不住流涕
見他開心得像林中小鳥一樣。

他想愛的人見他都懷著懼心，

不然就忿恨著他那麼樣冷靜，
看誰能夠把他搾出一聲呻吟，
在他身上試驗著他們的殘忍。

在他那分內應得的酒和飯裡，
他們把灰和不潔的唾涎混進；
虛偽地扔掉他所摸過的東西，
又罵自己把腳踏著他的蹤印。

他的女人跑到公共場上大喊：
「既然他覺得我美麗值得崇拜，
我要倣效那古代偶像的榜樣；
像它們，我要全身通鍍起金來。

我要飽餐那松香，沒藥和溫馨，
以及跪叩，肥肉，和香噴噴的酒，
看我能否把那對神靈的崇敬
笑著在這羨慕我的心裡僭受。

我將在他身上擱這纖勁的手
當我膩了這些不虔敬的把戲；
我鋒利的指甲，像隻凶猛的鷲，
將會劈開條血路直透他心裡。

我將從他胸內挖出這顆紅心，
像一隻顫慄而且跳動的小鳥；
我將帶著輕蔑把它往地下扔

讓我那寵愛的畜牲吃一頓飽！」
定睛望著那寶座輝煌的天上，
詩人寧靜地高舉虔敬的雙臂，
他那明慧的心靈的萬丈光芒
把怒眾的猙獰面目完全掩蔽：

——「我祝福你，上帝，你賜我們苦難
當作洗滌我們的罪污的聖藥，
又當作至真至純的靈芝仙丹
修鍊強者去享受那天都極樂！

我知道你為詩人留一個位置
在那些聖徒們幸福的行列中，

我知道你邀請他去躬自參預
那寶座，德行和統治以至無窮。
我知道痛苦是人的唯一貴顯
永遠超脫地獄和人間的侵害，
而且，為要編織我的神祕冠冕，
應該受萬世和萬方頂禮膜拜。

可是古代棕櫚城散逸的珍飾，
不知名的純金，和海底的夜光，
縱使你親手採來，也不夠編織
這莊嚴的冠冕，璀璨而且輝煌；

因為，它的真體只是一片純燄

汲自太初的晶瑩昭朗的大星：
人間凡夫的眼，無論怎樣光艷，
不過是些黯淡和淒涼的反映！」

契合

自然是座大神殿，在那裡
活柱有時發出模糊的話；
行人經過象徵的森林下，
接受著它們親密的注視。

有如遠方的漫長的回聲
混成幽暗和深沉的一片，
渺茫如黑夜，浩蕩如白天，
顏色，芳香與聲音相呼應。

有些芳香如新鮮的孩肌，
宛轉如清笛，青綠如草地，
——更有些呢，朽腐，濃郁，雄壯。

具有無限的曠邈與開敞，
像琥珀，麝香，安息香，馨香，
歌唱心靈與官能的熱狂。

露台

記憶的母親呵，情人中的情人，
你呵，我的歡欣！你呵，我的義務！
你將永遠記得那迷人的黃昏，
那溫暖的火爐和纏綿的愛撫，
記憶的母親呵，情人中的情人！

那熊熊的爐火照耀著的黃昏，
露臺上的黃昏，蒙著薄紅的霧，
你的心多麼甜！你的胸多麼溫！

我們常常說許多不朽的話語
那熊熊的爐火照耀著的黃昏！

暖烘烘的晚上那太陽多麼美！
宇宙又多麼深！心臟又多麼強！
女王中的女王呵，當我俯向你，
我彷彿在呼吸你血液的芳香。
暖烘烘的晚上那太陽多麼美！

夜色和屏障漸漸變成了深黑：
我的眼在暗中探尋你的柔情，
而我暢飲你的呼息，多甜！多毒
你的腳也漸漸沉睡在我手心。

夜色和屏障漸漸變成了深黑。

我有術把那幸福的時光喚醒，
復甦我那伏在你膝間的過去。
因為，除了你的柔媚的身和心，
哪裡去尋你那慵倦惺忪的美？
我有術把那幸福的時光喚醒！

這深盟，這溫馨，這無窮的偎摟
可能從那不容測的深淵復生，
像太陽在那沉沉的海底浴後
更光明地向晴碧的天空上升：
——啊深盟！啊溫馨！啊無窮的偎摟！

秋歌

一

不久我們將淪入森冷的黑暗；
再會罷，太短促的夏天的驕陽！
我已經聽見，帶著慘愴的震撼，
枯木槭槭地落在庭院的階上。

整個冬天將竄入我的身：怨毒，
惱怒，寒噤，恐怖，和懲役與苦工；
像寒日在北極的冰窖裡瑟縮，

我的心只是一塊冰冷的紅凍。

我戰競地聽每條殘枝的傾墜；
建築刑台的回響也難更暗啞。
我的心靈像一座城樓的崩潰
在撞角〔註〕的沉重迫切的衝擊下。

我聽見，給這單調的震撼所搖，
彷彿有人在匆促地釘著棺材。
為誰呀——昨兒是夏天；秋又來了！
這神祕聲響像是急迫的相催。

二

我愛你的修眼裡的碧輝，愛人，
可是今天什麼我都覺得淒涼，
無論你的閨房，你的愛，和爐溫
都抵不過那海上太陽的金光。

可是，還是愛我罷，溫婉的心呵！
像母親般，即使對逆子或壞人；
請賜我，情人或妹妹呵，那晚霞
或光榮的秋天的瞬息的溫存。

不過一瞬！墳墓等著！它多貪婪！
唉！讓我，把額頭放在你的膝上，

一壁惋惜那炎夏白熱的璀璨，
細細嘗這晚秋黃色的柔光！

尼采

NIETZSCHE

■尼采（Nietzsche, Friedrich; 1844-1900）

德國哲學家，其著作對十九和二十世紀的歐洲文學、哲學和心理學產生深遠的影響。尼采是牧師之子，一八六九年成爲瑞士巴賽爾大學的教授，一八七〇—一八七一年普法戰爭時曾經服役普魯士軍隊，擔任護理工作。一九〇〇年卒於威瑪。

尼采的思想在於提升自我的昇華，應當表現在所謂的「超人」（Ubermensch）身上。超人是滿懷激情的人，能行使自己的情感，而非絕情離慾。尼采批評基督教的彼世思想；他主張沒有一個獨特的道德是放諸四海皆準的。所有重大成就均有賴嚴明紀律；但我們不應將一個特別的戒規強加在所有人身上。

二十世紀的德、法文學和哲學家都深受尼采影響，包括托馬斯曼、赫塞、馬爾羅、紀德和卡繆、沙特等人都服膺他的思想。佛洛依德曾說尼采的眞知灼見「往往以一種最令人稱奇的方式，與精神分析煞費苦心的結果不謀而合。」尼采的作品包括《善與惡之外》、自傳《瞧！這個人》等等。

流浪人

一個流浪人邁著大步
在夜裡趲程；
跨過長的峽，羊腸的谷——
翻山又越嶺。
良夜悠悠——
他儘管走，永不停留，
不知哪裡是路的盡頭。

一隻好鳥在夜裡唱：

「唉，鳥呀，你為什麼這樣？
為什麼勾住我的腳和心，
為什麼把這淒涼的清音
灌注我的耳，教我不能不停
不能不聽——
為什麼喚我用敬禮與嚶嗚？」——

好鳥沉默了半晌
說：「不呀，流浪人，不！我嚶嚶歌唱
並不是喚你——
我只呼喚那高處的小雌——
這與你何干？
我獨不覺得夜良——

這與你何干？因為你得朝前走
永遠，永遠不停留！
你為什麼還踟躕不進？
我簫似的歌聲於你何傷：
啊，你流浪的人！」

好鳥沉默了想：
「我簫似的歌聲於他何傷？
為什麼他還踟躕不進？——
可憐，可憐的流浪人！」

秋

秋天來了：——你的心快碎了！
飛去罷！飛去罷！
太陽溜上了山頂，
他上升復上升
走一步，停一停。
世界變得多憔悴！
緊張的倦絃上
風在奏樂。

希望飛去了——
它追著喚奈何。

秋天來了：——你的心快碎了！
飛去罷！飛去罷！
樹上的果呵，
你顫慄，墜落？
夜
教了你什麼秘密，
以致一陣冰冷的寒噤
透過你的頰，你那緋紅的頰？——
你默著，不回答麼？
誰在說話？——

秋天來了：——你的心快碎了！
飛去罷！飛去罷！——
「我並不美，」
——小茴香花這樣說——
「但我愛人們，
我安慰人們——
他們還得要看花——
和低頭就我
唉！並且折我——
於是他們眼裡便燃起了
回憶！
那比我美麗的東西的回憶：
——我看見它，我看見它——

並且就這樣死去！」——

秋天來了：——你的心快碎了！

飛去罷！飛去罷！

叔本華〔註〕

他的學說被拋棄了，
他的行蹟將永垂不朽：
看看他罷——
他從不向任何人低頭！

威尼斯

倚著橋欄
我站在昏黃的夜裡。
歌聲遠遠傳來：
滴滴的金瀉在
粼粼的水面上。
畫艇（註），光波，音樂——
醉一般地在暮靄裡流著……

我的靈魂是張絃琴，

給無形的手指輕彈，
對自己偷唱
一支畫艇的歌，
為了彩色的福樂顫抖著。
——有人在聽麼？

松與雷

我今高於獸與人；
我發言時——無人應。
我今又高又孤零——
蒼然兀立為何人？
我今高聳入青雲，——
靜待春雷第一聲。

最孤寂者

現在，當白天
厭倦了白天，當一切慾望的河流
淙淙的鳴聲帶給你新的慰藉，
當金織就的天空
對一切疲倦的靈魂說：「安息罷！」——
你為什麼不安息呢？陰鬱的心呵，
什麼刺激你使你不顧雙腳流血地奔逃呢？……
你盼望著什麼呢？

醉歌

人啊！留神罷！
深沉的午夜在說什麼？
「我睡著，我睡著——
我從深沉的夢裡醒來：——
世界是深沉的，
比白晝所想的還要深沉。
痛苦是深沉的——
快樂！卻比心疼還要深沉：
痛苦說：消滅罷！

可是一切快樂都要求永恆——
要求深沉，深沉的永恆！」

遺囑

死去，
像我從前看見他那樣死去，
那曾經在我暗晦的青春裡
放射電火與日光的朋友：
猛烈而且深沉，
戰場上一個武士——

在最快活的戰士們當中，
在最嚴肅的勝利者當中，

樹立一個命運在自己命運上，
堅強，深思，審慎——：
預先為勝利而顫慄著，
歡欣著將死在勝利裡——：
臨死還在指揮著
——而且指揮人去破壞……
死去，
像我從前看見他那樣死去——
勝利者，破壞者……

太陽落了

一

你不會再燥渴多少時候了，
　燃燒著的心呵！
預兆已經佈滿了空中，
呼息從無名的脣吹到我身上，
——偉大的清涼來了！

中午太陽熱烘烘地照在我頭上，
歡迎呀，你們回來的，

你們陡然的風，
午後的清涼的精神！
空氣神秘而且清和地盪漾。
帶著斜睨的眼
　滿充著誘惑，
夜不再向你招手嗎？
堅忍著，勇敢的心！
別問：為什麼？——

二

我生命的日子呵！
太陽落了。
平靜的波面

　已經鋪上了金。
熱氣從巖石透出來：
　説不定中午
幸福曾在那上面打盹罷？——
　碧色的光，
幸福的反照，還在昏黃的深淵上閃爍著呢。

我生命的日子呵！
黃昏近了！
你半閉的眼
　已經灼著紅光，
你露水似的淚珠
　已經滴滴流瀉，

白茫茫的海上已經靜悄悄地流著

你的愛情的紫輝，

你的最後的遲暮的福樂了……

三

寧靜呵，金色的，來！

　你，死的

最深刻，最甘美的前味！

——我太匆促跑過了我的路程嗎？

現在，我雙腳累了，

　你的目光纔來臨照我，

你的幸福纔來臨照我。

四周只有波浪與遊戲。
　一切沉重的
全吞沒在蔚藍的遺忘裡了——
我的艇懶洋洋地泊著。
風浪與航行——它早忘掉了！
　願望與希冀通沉沒了，
靈魂和海平靜地躺著。

啊，七重的靜境！
　我從未感到
那甘美的安定更近我，
太陽的目光更溫暖！
——我峰頂的積雪不已經通紅了嗎？

銀色，輕盈，像一條魚，
我的艇在空間泛著……

魏爾崙

VERLAINE

■魏爾崙（Verlaine, Paul; 1844-1896）

法國詩人，生於法國麥次（Metz），卒於巴黎。七歲時跟隨父母到巴黎。他的第一個職業是在一家保險公司任職，這段期間卻成爲他以象徵主義詩人開始用高蹈派風格（Parnassian style）練習寫韻文的重要時期。魏爾崙的詩歌雖然比其他法國象徵主義者的作品更易理解，他的個性卻是極其複雜。一般認爲他個性軟弱、感情反覆無常。

晚年的魏爾崙被譽爲當代最偉大的詩人，但儘管他卓越開發語言資源，對法國詩歌的影響並不大。魏爾崙的第一部詩集《感傷集》顯然深受波特萊爾的影響，暴露早期浪漫主義詩人常患的憂鬱症。魏爾崙的最佳詩集是受華鐸（Jean Antoine Watteau）的油畫激發而做的《戲裝遊樂園》和《無題浪漫曲》。他主張並創造詩歌的音樂性，有如一位印象派藝術家。

月光曲

你靈魂是片迷幻的風景
斑衣的俳優在那裡遊行，
他們彈琴而且跳舞——終竟
綵裝下掩不住欲顰的心。

他們雖也曼聲低唱，歌頌
那勝利的愛和美滿的生，
終不敢自信他們的好夢，
他們的歌聲卻散入月明——

散入微茫，淒美的月明裡，
去縈繞樹上小鳥的夢魂，
又使噴泉在白石叢深處
噴出絲絲的歡樂的咽聲。

感傷的對語

一座荒涼，冷落的古園裡，
剛纔悄悄走過兩個影子。

他們眼睛枯了，他們嘴唇
癟了，聲音也隱約不可聞。

在那荒涼，冷落的古園裡，
一對幽靈依依細數往事。

「你可還記得我們的舊歡？」

「為什麼要和我重提這般？」

「你聞我的名字心還跳不？
夢裡可還常見我的魂？」——「不。」
「啊，那醉人的芳菲的良辰，
我們的嘴和嘴親！」——「也可能。」

「那時天多青，希望可不小！」
「希望已飛，飛向黑的天了！」

於是他們走進亂麥叢中，
只有夜聽見這囈語朦朧。

白色的月〔註〕

白色的月
照著幽林，
離披的葉
時吐輕音，
聲聲清切：

哦，我的愛人！

一泓澄碧，
淨的琉璃，

微波閃爍，
柳影依依——
風在嘆息：
夢罷，正其時。

無邊的靜
溫婉，慈祥，
萬丈虹影
垂自穹蒼
五色輝映……
幸福的辰光！

淚流在我心裡

淚流在我心裡，
雨在城上淅瀝：
哪來的一陣淒楚
滴得我這般慘戚？

啊，溫柔的雨聲！
地上和屋頂應和。
對於苦悶的心
啊，雨的歌！

儘這樣無端地流，
流得我心好酸！
怎麼！全無止休？
這哀感也無端！

可有更大的苦痛
教人慰解無從？
既無愛又無憎，
我的心卻這般疼。

獄中

天空，它橫在屋頂上，
多靜，多青！
一棵樹，在那屋頂上
欣欣向榮。

一座鐘，向晴碧的天
悠悠地響；
一隻鳥，在綠的樹尖
幽幽地唱。

上帝呵！這纔是生命，
　清靜，單純。
一片和平聲浪，隱隱
　起自城心。

你怎樣，啊，你在這裡
　終日涕零——
你怎樣，說呀，消磨去
　你的青春？

梵樂希

VALERY

■**梵樂希**（Valery, Paul; 1871-1945）

法國詩人，他是最後一位重要的象徵主義作家及多產的批評家和散文家。梵樂希注重聲音的音樂性和心理的層面，寫出音韻優美的詩歌。梵樂希出生地中海漁港賽特（Sete），從小熱愛大海。二十多歲時認識象徵主義領袖人物馬拉梅（Mallarme）和紀德（Andre Gide），前者成了梵樂希的老師，後者成了他的終身好友。

梵樂希是位典型的二十世紀作家，他的目的就是表達眞實的自我，他以此「自我」的觀念解釋有才華的文學家、藝術家及科學家。梵樂希的作品包括散文《與泰斯特先生促膝夜談》，文章假設一種專斷心靈的存在，透過堅強意志力能主宰心理及肉體的活動。另外還有讓他聲名大噪的《年輕的命運》及《海濱墓園》。他死後正是葬在賽特港的「海濱墓園」。

水仙辭〔註〕

Narcissae Placndis Manibus

（以安水仙之幽靈）

哥呵，慘淡的白蓮，我愁思著美艷，
把我赤裸裸地浸在你溶溶的清泉。
而向著你，女神，女神，水的女神呵，
我來這百靜中呈獻我無端的淚點。

無邊的靜傾聽著我，我向希望傾聽。
泉聲忽然轉了，它和我絮語黃昏；

我聽見銀草在聖潔的影裡潛生。
宿幻的霽月又高擎她黝古的明鏡
照澈那黯淡無光的清泉的幽隱。

我呢，全心拋在這茸茸的蘆葦叢中，
愁思，碧玉呵，愁思著我的淒美如夢！
我如今只知愛寵如幻的淥水溶溶，
在那裡我忘記了古代薔薇的歡容。

泉呵，你這般柔媚地把我環護，抱持，
我對你不祥的幽輝真有無限憐意。
我的慧眼在這碧琉璃的靄靄深處，
窺見了我自己的秀顏的寒瓣淒迷。

唉！秀顏兒這般無常呵，淚濤兒滔滔！
間乎這巨臂交橫的森森綠條
昏黃中有一線愐㥏的銀輝閃耀……
那裡呵，當中這寒流淡淡，密葉蕭蕭，
浮著一個冷冰冰的精靈，綽約，縹渺，
一個赤裸的情郎在那裡依稀輕描！

這就是我水中的月與露的身，
順從著我兩重心願的娟娟倩形！
我搖曳的銀臂的姿勢是何等澄清！……
黃金裡我遲緩的手已倦了邀請；
奈何這綠蔭環抱的囚徒只是不應！
我的心把幽冥的神號擲給回聲！……

再會罷，悠悠的碧漪中漾著的娟影，
水仙呵……對於旖旎的心，這輕清的名
無異一陣溫馨。請把薔薇的殘瓣
拋散在空塋上來慰長眠的殤魂。

願你，晶唇呵，是那散芳吻的薔薇
撫慰那黃泉下徬徨無依的陰靈。
因為夜已自遠自近地切切低語，
低語那滿載濃影與輕睡的金杯。
皓月在枝葉垂垂的月桂間遊戲。

我禮叩你，月桂下，晃漾著的明肌呵，
你在這萬籟如水的靜境寂然自開，

對著睡林中的明鏡顧影自艾。
我安能與你嫵媚的形骸割愛！
虛妄的時辰使綠苔的殘夢不勝倦怠，
它欲咽的幽歡起伏於夜風的胸懷。

再會罷，水仙……凋謝了罷！暮色正闌珊。
憔悴的麗影因心中的輕喟而興瀾。
蔚藍裡，嬝嬝的簫聲又惻然吹奏
那鈴聲四徹的羊群回欄的悵惘。
可是，在這孤星掩映的寒流澹澹，
趁著遲遲的夜暮猶未深鎖嚴關，
別讓這驚碎熒熒翠玉的冥吻銷殘！

一絲兒的希望驚碎這融晶。
願漣漪掠取我從那流逐我的西風。
更願我的呼息吹徹這低沉的簫聲，
那輕妙的吹簫人於我是這般愛寵！……
　隱潛起來罷，心旌搖搖的女靈！
和你，寂寞的簫呵，請將繽紛的銀淚
洒向暈青的皓月脈脈地低垂。

水仙的斷片〔註〕

一

Cun Aliquid vidi ?

余胡為乎見？

你終於閃耀著了麼，我旅途的終點！

今夜，像一隻麋鹿奔馳向著清泉，
直到他倒在蘆葦叢中方纔停喘，
狂渴使我匍匐在這盈盈的水邊。

然而，我將不淈亂這神秘的澄川，
來消解這玄妙的愛在我心中灼燃：
水的女神呵！你如愛我，須永遠安眠！
空中纖毫的魂便足令你渾身抖顫，
甚至一張枯葉逃脫群影的遮掩，
它疑惑地輕掠過這油油的軟絹，
也足把這宇宙無邊的濃夢驚斷……
你的酣睡關係於我神魂的迷戀，
一莖鴻毛的寒顫也使它不勝悸惴！
請為我永遠保存這夢裡的秀顏，
只有那神聖的隱潛纔能將它懷揣！
仙的沉睡呵，天呵，請容我會面無間！
夢罷，夢著我罷……沒有你，鮮美的泉呵，

我的麗容，和悽痛，我將無從測算；
我將徒然尋求我具有的無上親戀，
它迷惘的撫憐使我柔肌倉皇色變；
而我矚矁的眼波，蒙昧於我的姣艷，
只向別人映示它們的浪浪淚淵……

或者你只期待一副無淚的酡顏，
你貞靜的，水的女神呵，四季長春
的花葉蔭你以它們婷婷的麗影，
亙古常新的蒼穹向你永永照臨……
然而沿著這令人心蕩神迷的斜徑，
我不由自主地任它招引向你前進，
請容納這人間凌亂的瀲灩的反映！

平而深的水呵，有福是你溶溶的身！
我是孤零的！……倘若神靈，流泉，和回聲，
和萬千深深的歎息允許我孤零！
孤零！……可是還有那走近他自身的人
當他向著林蔭紛披的水濱走近……

……從頂，空氣已停止它清白的侵凌；
泉聲忽然轉了，它和我絮語黃昏。
無邊的靜傾聽著我，我向希望傾聽；
傾聽著夜草在聖潔的影裡潛生。
宿幻的霽月又高擎她黝古的明鏡
照澈那黯淡無光的清泉的幽隱……
照澈我不敢洞悉的難測的幽隱，
以至照澈那自戀的繾綣的病魂。

萬有都不能逃遁這黃昏的寧靜……
夜輕撫著我的柔肌，為我低達殷情。
怔然，它新怯的歌聲應許我的誓信；
它沉默的寺院在幽漠裡這般撼震
徵風中它切切的誑語彷彿如聞。

　啊，日力消沉後猶流蕩著的溫柔，
當他歸去了，終於給愛灼到紅溜，
慵倦，纏綿，而且還暖烘烘地炙手，
此中蘊蓄著無量數的寶藏，回首
有依依的惆悵起伏，壓抑他心頭；
啊，紫豔的凋亡！他欣然跪在黃昏裡禮叩，
然後洋溢，消融，散盡他的葡萄美酒，

他奄然熄滅，在黃昏的夢裡綢繆。

自我的真寂果獻呈這麼一隅靜境！
魂，她危危欲傾，俯著身兒去尋神明，
她問之於流泉，鮮美的泉，空靈，澄淨，
天鵝飛去後只剩得悠然一泓清冷……

從沒有羊群臨著這熒熒翠流吸飲！
別的呢，在這裡失蹤，卻得著了安寧，
在這沉沉的地心找著了一座清瑩……
但那顯示給我的，唉！可並不是恬靜！
當這隱約寒光浮漾著茫昧的歡欣
把蓊鬱的幽林的顫慄度給我的身，

那時呵！陰影的勝利者，我嚴酷的身，
你離棄了那暗無天日的濃影，俄頃
你就要痛惜悔恨它們的永夜無垠！
對於徬徨的水仙，這裡呵只有昏悶！
一切都牽引我和這晶瑩麗肌親近，
奈何淥波的妍靜卻使我神暈心驚！
泉呵，你這般柔媚地把我環護，抱持，
我對你不祥的幽輝真有無限憐意！
我的慧眼在這碧琉璃的靄靄深處，
窺見了它自己的驚魂的黑睛淒迷！
深淵呵，夢呵，你這般幽穆地凝望著我，
　彷彿在凝望著生客一樣，

告訴我罷，你意想中的真吾難道非我，
　　你的身可令你豔羨，縈想？

還是停止這苦心焦思的經營罷，幽靈，
　　在這惺惺的柔魂中；
不要向上天探取，也別向你自身搜尋
　　那不祥的意外遭逢：
在悠悠的清泉找著了一副嫵媚的身！

請把這自戀的妖魔關囚，
把這完美的俘虜在你的眼波藏收；
在你的修眉如絲的幻網裡，
他慇懃的柔輝使你不勝沉思，凝眸。

可是你別以為能使他還都而自豪。
　這水晶才是他的真宮；
　　甚至愛的撫憐和恩寵
要是想誘導他離開這澹澹的光潮
除非等他懨懨病殆了……
　　　　　　　「更壞了」。〔註二〕
　　　　　　　　更壞了？……
一個聲音回答道：「更壞了」……啊，鋒芒的譏誚！
遠方的回聲這般迅速散佈它的讖言！
峨峨的磐石碎我的心以迷魂的狂笑！
　於是像靈蹟一般，寂寥
突然中止！……囈語，重生，在粼粼的波面……
更壞麼？……

啊，更壞的命運！……你說的，蘆葦，
你從流風中竊取我飄泊的訴語！
無底的洞呵，你使我靈魂更深沉的，
你的幽影擴大了一個餘音的將逝！……
你把它向我低低地輕謂著，繁枝！……
啊，斷腸的蜚詞！順著無形的呼氣
你的輕金蕩漾，搖曳，與冥兆遊戲……
不仁的神靈呵，萬物都融混著我！
我的玄機在群空中響應而傳播，
磐石笑；樹兒哭；由它的銷魂的音調
昊昊的雲霄阻不住我哀哀的憑吊：
只這般無力地任長生的美媚顛倒！
唉！間乎這巨臂交橫的森森綠條，

昏黃中有這一線恛惶的銀輝閃耀⋯⋯
那裡呵，當中這寒流淡淡，密密蕭蕭，
浮著一個冷冰冰的精靈，綽約，縹緲，
一個赤裸的情郎在那裡依稀輕描！

這原來就是你呵，我的月與露的身，
順從著我兩重心願的娟娟倩形！
我雙臂的渺冥的餽贈是何等勻稱！
黃金裡我遲緩的手已倦了邀請；
奈何這綠蔭環抱的囚徒只是不應！
我的心把顯赫的聖名擲給回聲！⋯⋯

只你脣間嘿嘿的輕蔑是多麼嬌妍！

我的伴侶呵！……可是，比我自身還要無玷，
你偶現的神仙呵，這般玲瓏在我眼前，
你珠體兒這般透明，你絲髮兒綿綿，

纏相戀，

難道就要給黑影遮斷我倆的情緣！
為什麼，水仙呵，恰像把剖梨的利劍，
漆黑的夜已截然插進我倆的中間？
怎麼了？

我的哀訴難道也招惹冥愆？……

我身外之身呵，我吹給你晶脣的低怨
怎掀起了一層波瀾在這湛湛的水面！……
你顫慄麼！……可是我跪著輕噓的怨言
不過是一顆靈魂在我倆間躊躇，眷戀，

介乎你輕清的額和我沉重的記憶萬千……
　秀顏呵，我和你這般接近
　我恨不得掬著你來狂飲……
那赤裸裸的囚徒呵，便是我的燥渴炎炎……

直至駘蕩的今天，我還錯過了我，
從不知把自己小心偎寵和撫憐，
可是看見你，心的囚徒呵，無語，悄然
與我心中萬千惆悵的纖影相應和，
看見我額上蕩漾著這玄秘的風火，
看啊，奇觀，看！我微暈的丹唇在波面
依稀地洩漏……偷唾一枝相思的花朵，
和無數絢爛的奇景閃爍在我眼前！

我發現一個這麼無能而倨傲的異珍呵，
無論嚴靜的童貞，無論蹁躚的女神，
無論！任他微步凌波，在她臨風飄墮，
無論她甚麼精靈都不能把我吸引
像你在這溶溶的清波，源源不竭的我呵！……

二

芳泉，我的泉，冷清清平流著的水，
於人類這般溫存，於獸群這般慈惠，
他們受了自身的誘惑，追隨死亡到底：
萬有於你都是夢罷了，你命運的淑妹！
那未來的徵兆纔依稀成了過去，
（飄忽無常與它的迷幻色相無異），

你沉睡的群空於是便寂然紛碎。
然而，任你如何不留蹤影，了無塵慮。
泉呵，年華流過你波面如片片雲絮，
你可參透了多少事物的明滅興衰：
那星辰，節序，身軀，戀愛，綠卉與薔薇。
　清，然而這般深呵，一個貞靜的女神
永遠微震，吸取一切走近她的眾生，
孕育著妙慧的靈根在藹藹的石蔭，
在那倏林正她輕描著的沉沉綠蔭。
她澈悟了一切偶現的浮生的幽隱……
　啊，真寂的境界，溶溶的綠水，你收採
一個芳菲而珍異的陰冥的寶財，
死的飛禽，纍纍的果，慢慢地墜下來，

和那散逸的晶環映著的幽藹，
你把它們無貴無賤在腹中沉埋。
然而，從你的寒光耿耿的波心，情愛
脈脈流過而銷毀……
當那密葉芊芊
開始遁逃，紛紛地四散，啜泣而淒顫，
你眼見那森冷的愛與痛苦相混纏，
那火熱的情郎與縞素的少女相依戀，
戰勝了靈魂……你也深知怎樣地溫婉
他奇勁的手穿過那曖曖的青辮
在那珍貴而柔媚的頸背飛飄，零亂：
它慢自低迴，自覺有無限矯健與幽玄；
它微逗玉肩，撫細肌不勝溫情繾綣。

於是，他們雙目嚴閉，與蒼蒼大氣絕緣，
只看見那流蕩在他們眼簾的熱血紅鮮；
它駭人的胭脂黯淡了一對相覷相戀，
那相偎相扶，暗誓偷盟的儷影娟娟。
他們顫慄呻吟……大地柔聲呼召，頻頻
低喚一雙口與口搏戰的昂藏的身。
他們岸岸然把貞潔的明沙作衾枕，
將由愛情誕生一個夭亡怪精靈……
他們的氣息融成一片愉樂的飛聲，
靈魂幻想她在呼吸著懷裡的靈魂。
但你知的比我多了，赫赫的靈泉呵，
結的是什麼果在這迷魂的剎那頃！

因為，陶醉的心還在夢裡流連依依，
悠悠的佳期已在歡樂中偷偷流去。
你映住那分手的戀人的離情別意，
目睹那虛妄織就的晨光遲遲昇起
和萬千的罪惡在旖旎中暗長潛滋！
　未幾，你宿幻，卻終古如斯的流泉呵，
時光將把這妄想相愛的愚婦愚夫
帶回來向你森森蘆葦長噓低訴，
他們淒遲的步履循著憶念的舊途……
看見了你那兩岸的嘉木蔥蘢如故。
這皎麗的晴空徒使他們神傷心苦，
因為，他們的美景良辰已永成遲暮；
只憮然遍尋那埋沒他們恩情的香土……

「這靜謐的濃蔭可不是我倆的坐處！」
「他多愛這柏樹呵，」又一個淒然自語，
「從這裡，我倆曾一起呼吸海的涼颸！」
唉！空中薔薇的氣息竟也苦澀如此……
比較溫馨的，難道只有枯葉的香氣……
在颯颯的晚風中嫋嫋地淒動迷離！……

他們踽踽地向前行，飄飄然如御風，
踐踏著胸懷裡的無限失望與悲痛……
啊，惘惘的行步，時而從容，時而匆匆，
應和著心裡如焚的思潮起伏洶湧！
撫慰呢行凶：他們的手皇皇無所從。
他們的心，自以為將在轉彎處銷融，
掙扎，牢牢地固守希望的幻影憧憧。

他們頹喪的精神傍徨躞蹀於迷宮，
咒詛太陽的狂夫在那裡散髮飄蓬！
他們淒苦的寂寞，無異沉睡的朦朧，
把空虛佔據，騙哄；他們的玄耳玲瓏
無往而不聽見鶯聲嬌轉，清愈銀鐘。
萬有都不能驚殘他們永夜的迷夢；
太陽安能播弄那迢迢遠逝的歡容！
可是，他們的枯眸倘向黃金裡凝眺，
澄碧裡他們將自覺有滔滔的淚潮
掩護那比春陽還可愛的幽黯寂寥。
而這愛痕遍身的憂心悄悄，
深藏著一個不堪回首的斷魂哀叫，
一個使他憤怒的吻印在那裡焚燒……

但是我，寵愛的水仙，能使我沉思凝想
　只有我自己的真如；
萬象於我都是不可解的幻滅的色相，
　萬象於我都是空虛。
我無上的至寶呵，親愛的身，我只有你！
人間最美麗的丈夫只能鍾愛他自己！……

綽約而輝煌，可有更莊嚴的聖像
在這雍穆而蓊鬱的幽林的中央，
嚶嚶和鳴的鳥兒上下飛躍迴翔？
綠波的恩惠可有更虔潔的珍貺？
欲度過這奄奄將逝的晻曖昏黃
可有更妙於靜觀我自身的寶相？

願由這結合我倆的澄淨的靈光
構成一葉飛渡我倆心靈的金航！
我禮叩你，靈魂與芳泉的產兒呵，
我平分宇宙的明鏡裡的寶藏！
我的溫情來這裡吸飲，形神兩忘，
端詳著一個欲降服自己的塵想！
　啊，任我如何祝禱，你只是默默點頭！
只你的荏弱和柔脆使你不容輕抖，
你原是素光凝就，冷冰冰的精靈呵，
愛的化身在碧琉璃的清冷處神遊！
　唉！甚至女神也要離間我倆的綢繆！
我所望於你的，可只有徒然的招手？
我們意料中的驚險是何等地溫柔！

你要把我羈留呵，我要把你來厮守，
我們的手兒牽，我們的罪相抵受，
我們的沉默互許它們夢裡的休咎，
同樣的夜把我們濛濛的淚眼禁囚，
我們的臂，關鎖住我們的嗚咽無由，
把一個在愛裡融去的心輕偎密摟……
　衝破這沉沉的靜，欣然地回答我罷，
美而冷酷的水仰呵，我縹緲的兒童，
滿綴著波光護持的我的綿綿美夢……

三

……這清淨的身，它可知能將我勾引？
你要從什麼深處向我啓示迪訓，

深淵裡的幻客呵，你奇詭的幽人
從蔚藍的群空下臨這冥天沉沉？
　啊，點綴著我的淒意的鮮美的異珍：
這親暱的微笑，含著無限的密機；
把危懼的暗影度給我的晶唇，
使我甚至凜然於一個緣外的客思！
何處微風把你的寒玫給清波吹送？……
「我愛呵……我愛呵！……」可是誰能真心愛
寵自己以外的人？……
　　　　只有你，親愛的身呵，
我愛你，使我離隔死者的唯一珍品！
……………

讓我們，你在我脣上，我呢，肅靜無聲
用至誠來感動那驅策四運的羲和，
求他將白日停止在那紫艷的斜坡！……
求你，慈慧的主呵，群妄的大父親，
求你揮使一片薔薇或紺青的餘輝，
你的銀笏把它從黃昏的夢裡取回，
柔靜，純潔，與最純潔的心靈無異，
揮使它在眾天的懷中徘徊，延佇——
使你，吾愛呵，不住地把我依依諦視，
戰兢地從那冰冷的女神脅下脫離，
在我身邊選一張落葉鋪就的芳第，
展開你鮮美的形骸和晶瑩的麗肌……
啊，終於要捉住你了！……攫取這些女人

還要清妍的身，卻不是由俗果形成……
可是我寓形的聖寺只是一撮凡塵……
因為我在你願望無窮的脣上寄身！……

　我的身呵，你隔開我和真如的聖寺，
不久，我要消解你脣間燥渴的焦思……
衝破這牽阻我們超度至生的藩籬：
這柔脆，聖潔，顫動的我倆間的距離，
間乎我與清泉，與靈魂，與萬千神祇！……

　再會罷……你可感到無數「再會」浮動淒顫？
不久，森森的亂影將寒慄作一團！
昏朦的樹把它陰冷的柔枝伸展，
惶惑，摸索那已經隱滅的枝葉綿芊……
靈魂也一樣地迷失在自己的林間，

在那裡權力逃脫她最高的表現……
魂，黑睛的魂，與無底的黑暗為緣，
她漸漸地擴大，無障無礙，無窮無邊……
介乎死和自身，她的凝視何等幽遠！

神呵！這莊嚴的日子的蒼茫的殘照
將遭相同的劫運，與往日之影俱遙；
它一步一步地墜入記憶的深牢！
唉！可憐的身呵，是我們合體時候了！……
俯著罷……吻著罷。全身都抖顫起來罷！
你應許我的不可捉摸的愛情，杳杳
流過，在一顫慄間，衝碎了水仰，而循逃……

里爾克

RILLKE

■里爾克（Rilke, Rainer Maria; 1875-1926）

生於捷克布拉格的德國詩人。小時候被母親打扮成女孩撫養，後來就讀布拉格、慕尼黑及柏林的大學。里爾克的早期詩作《夢幻》和《基督降臨節》預示其後將專注於上帝和死亡問題。一八九九年和一九〇〇年赴俄旅行，相當熱愛該地風土人情。一九〇五年到一九〇六年間，里爾克擔任名雕塑家羅丹的祕書。從羅丹那裡，里爾克學習到以藝術品的完整性認識作品，此後里爾克的詩歌領域更爲廣闊、風格更爲靈活。一九〇七年完成有關羅丹的作品《羅丹書》。

里爾克在第一次世界大戰期間被迫顚沛流離，最後定居瑞士，在一九二六年因被玫瑰刺傷感染敗血症死亡。代表作是一九〇七年發表的《新詩集》。

嚴重的時刻

誰此刻在世界上某處哭，
無端端在世界上哭，
在哭著我。

誰此刻在世界上某處笑，
無端端在世界上笑，
在笑著我。

誰此刻在世界上某處走，

無端端在世界上走，
向我走來。

誰此刻在世界上某處死，
無端端在世界上死，
眼望著我。

這村裡

這村裡站著最後一座房子
荒涼得像世界的最後一家。

這條路，這小村莊容納不下，
慢慢地沒入那無盡的夜裡。

小村莊不過是兩片荒漠間
一個十字路口，冷落而悸惴，
一條傍著屋宇前去的通衢。

那些離開它的，飄流得遠遠，
說不定許多就在路上死去。

軍旗手的愛與死之歌

騎著，騎著，騎著，在日裡，在夜裡，在日裡。

騎著，騎著，騎著。

勇氣已變得這麼消沈，願望又這麼大。再沒有山了，幾乎一棵樹都沒有。什麼都不敢站起來。許多燥渴的陌生茅舍在污濁的泉邊傴僂著。舉目不見一座樓閣。永遠是一樣的景色。我們的眼睛是多餘的了。只在夜間有時彷彿認出來路來。或許我們每夜重走我們在異域的太陽下艱苦跋涉的一段路罷？那是可能的。太陽是沉重的，像我們家鄉的盛夏一樣。但我們已經在夏天辭別了。女人們的衣裙在綠野上已經閃耀了許多時。我們又騎了這許多日子。那麼總該是秋天了罷。至少在那邊，那裡許多愁苦的女人認識我們的。

那來自朗格腦的在鞍上坐穩了說：「侯爵先生……」

他的鄰人，那精微的小法國人，最初說了又笑了三天。現在他什麼都不知道了。他像一個想睡的小孩一樣。塵土鋪滿了他雪白的衣領；他並沒有注意到。他在那絲絨的鞍上漸漸地萎謝了。

但那來自朗格腦的微笑說：「你眼睛很奇特，侯爵先生。你一定像你母親……」

於是那小法國人又暢茂起來，彈去領上的塵土，彷彿簇新一樣。

有人談起他的母親。大概是個德國人罷。他高聲慢慢地選擇他的字句。像一個紮花的少女凝思著試了一朵又一朵，卻不知道整個兒成什麼樣子：——他這樣配合著他的字句。爲快樂呢？爲悲哀呢？大家都傾聽著。連吐痰也停止了。因爲那是些懂得禮法的貴冑們。就是那人叢中不懂德文的，也豁然曉悟了。感覺著一些零碎的字句：「晚上……我年紀還很小……
……」

於是他們是都互相走攏來了，這些從法國和布公納，從荷蘭和比利時，從卡林特的山谷，從布希米的市鎮和里沃坡皇帝那裡來的貴胄們。因爲一人所敘述的，大家都感覺到，並且簡直一樣。彷彿只有一個母親似的……

這樣，大家騎著又走進了黃昏，一個任何的黃昏。大家又沉默起來了，但大家已經有那光明的字句在一起了。於是那公爵脫下他的頭盔。他那黑暗的頭髮是柔軟的，很女性地披在他頸背上。現在，那來自朗格腦的也分辨出來了：一些什麼遠遠地站在光輝裡，一些瘦長，陰暗的什麼。一支獨立的圓柱，半倒了。後來，他們走過了許久之後，他忽然想起那是一座聖母像。

燎火。大家坐在週圍等著。等著一個人唱歌。但大家都這樣累了。紅色的光是沉重的。它歇息在鋪滿塵土的靴上。它爬到膝上，望進那交疊的手裡去。面龐通是黑漆漆的。可是那小法國人的眼睛一霎時卻閃著異光。他吻了一朵玫瑰花；現在，讓它繼續在胸前謝去罷！那來自朗格腦的看見他，因爲他睡不著。他沉思著：我沒有玫瑰花，沒有玫瑰花。

於是他唱起來了。那是一支淒涼的古歌，他家鄉的少女們，在秋天，當收割快完的時候唱的。

那是矮小的候爵說：「你很年輕罷，先生？」

那來自朗格腦的，半憂鬱，半倔強地說：「十八歲」。——

然後他們便沉默了。

半晌，那法國人說：「你在那邊也有未婚妻嗎，公子先生？」

「你呢？」那來自朗格腦的反問。

「她有你一樣的金髮。」

他們又沉默了，直到那德國人喊道：「但是什麼鬼使你們坐在鞍上，馳騁於這瘴癘的蠻土去追逐這些土耳其狗呢？」

那侯爵微笑道：「爲了回來。」

那來自朗格腦的憂鬱起來了。他想起一個和他遊戲的金髮女郎。粗野的遊戲。於是他想回家去，只要一刻，只要他有時候對她說：「瑪德蓮娜，——寬恕我以往常常是這樣罷！」

「怎麼——常常是這樣？」那年輕的貴冑想。——於是他們去遠了。

有一次，早上，來了一個騎兵，然後兩個，四個，十個。全是鐵的，魁偉的。然後一千個：全軍隊。

得要分手了。

「吉利的凱旋，侯爵先生。」

「願聖母保佑你，公子先生。」

他們依依不捨。他們忽然變成朋友，變成兄弟了。他們互相需要去進一層互訴衷曲；因爲他相知已這麼深了。他們踟躕著。週圍正忙作一團，馬兒雜沓著。於是那侯爵脫下他那大的右手套。從那裡取出玫瑰花，撕下一瓣來。像人家撕破一個聖餅一樣。

「這將保佑你。再會罷。」——那來自朗格腦的愕然。他定睛望著那法國人許久。然後把那陌生的花瓣溜進襯衣裡去。它在他的心濤上浮沉著。號角聲。他馳向軍隊去了，那年少公子。他苦笑：一個陌生的女人保佑著他。

一天，在輜重隊中，咒罵聲，歡笑聲，五光十色，——大地全給弄得暈眩了。許多彩衣的童子跑來，爭論和叫喊。許多少女跑來，飄蕩的散髮上戴著紫色的帽，呼喚。許多僕從跑來，鐵黑得像徬徨著的黑夜一樣。那麼熱烈地抓住那些少女們，她們的衣裙被撕破了。把她們逼近大鼓邊。在那些渴望的手的粗野的抵抗下，鼓兒全醒來了，彷彿在夢中它們怒吼著，怒吼著……晚上，他們獻給他許多燈籠，奇異的燈籠：酒在許多鐵頭巾裡閃耀著。酒嗎？還是血呢？——誰分辨得出來。

終於在士波克面前了。那伯爵矗立在他的白馬旁邊。他的長髮閃著鐵光。

那來自朗格腦的用不著問人。他一眼認出那將軍，從駿馬跳下來，在如雲的塵土中鞠躬。他帶來了一封把他介紹給伯爵的信。但伯爵下令說：「給我讀這張破紙罷。」他的嘴唇並沒有動彈。這用不到它們；它們恰好是爲咒罵而設的。至於其餘的，他的右手可以說話。夠了。你可以從他右手看出來。那年輕的公子早讀完了。他不再知站在什麼地方。他只看見士波克。連天空都隱滅了。於是士波克，那大將軍說：

「旗手。」

這已經很多了。

大隊駐紮在拉亞伯以外。那來自朗格腦的獨自往赴。平原、黃昏、鐵蹄在煙塵滾滾中閃耀。然後月亮升起來了。他從手上可以看出來。

他夢著。

但有些東西向他叫喊。

儘管喊，儘管喊，

把他的夢撕破了。

並不是一個貓頭鷹。大慈大悲：

一棵孤零零的樹

向他喊著：

「人呀！」

他定睛看：那東西豎起來。一個軀體

靠著樹幹豎起來，一個少婦

血淋淋，赤裸裸的，
撲向他：「救我罷！」
於是他跳下那黑漆漆的綠野
斬斷了那如焚的繩索；
他看見她的眼睛燃燒著
她的牙齦緊咬著。

她笑嗎？
他打了個寒噤。
他已經騎在馬上
在黑夜裡疾馳了。手裡握著鮮血淋漓的繩子。

那來自朗格腦的聚精會神寫了一封信。他慢慢地鑄就了一些嚴肅端正的大字：

「我的好媽媽，

驕傲罷：我打大旗呢！

放心罷：我打大旗呢！

好好地愛我：我打大旗呢！」

然後他把信塞進襯衣最秘密處，和玫瑰瓣一起。並想：它不久便被薰香了。又想：或許有一天有人發現它罷……又想……，因爲敵人近了。

他們的馬踏過一個被殘殺的農夫。他的眼大大地張開，裡面反映著一些什麼；沒有天空。一會兒，群狗狂吠著。於是終到了一座村莊了。一座石堡矗立在許多茅舍上。一條寬大的橋伸向他們。門大開著。喇叭高唱著歡迎。聽呀：人聲，鏦錚聲，犬吠聲！院裡，馬嘶聲，馬蹄雜沓聲，和呼叫。

休息。做一次賓客罷。別老把可憐的食物獻給自己的慾望。別老以敵人身分抓住一切；任一切自然來臨和知道一次罷：一切來臨的都是好的。讓勇氣一度鬆懈和在絲織的棹布邊疊起來罷。別老作軍人。一度把革帶解開，領子打開，坐在絲綢的椅上罷，而且直到指尖都是這樣：洗了一個澡。而且先要再認識女人是什麼。和那些雪白的怎樣做，和那些蔚藍的是怎樣；他們的手發出怎樣的芳香，和她們的歌怎樣唱，當那些金髮的童子捧來了許多滿承著圓融果實的美麗杯子時。

晚餐開始了。不知怎的竟變成了盛宴。熊熊的火焰閃耀著，聲音顫動著，從杯與光裡流瀉出一片模糊的歌聲，而終於從些慢慢成熟的節奏濺射出跳舞來。大家都被捲進去了。那簡直是一陣浪的洶湧在客廳裡；大家互相邂逅又互相挑選，分手又再見，暈眩著光輝，又搖曳在那些熱烘烘的女人衣裙中的陣陣薰風裡。

從陰暗的酒和萬千朵玫瑰花裡，時辰在夜夢中喧響地消逝了。

其中一個站在這輝煌裡，驚訝著。他生來是那麼樣，竟不知道會不會醒來。因爲只在夢中人們纔看見這樣的奢華和這樣的美女的盛宴：她們最輕微的舉動也是落在錦緞裡的一個摺紋。她們用如銀的話語來織就時辰，而且有時這樣舉起她們的手——，你簡直以爲他們在你不能到的地方採擷些你看不見的玫瑰花。於是你便做夢了；你要飾著她們的嫵媚和戴上另一種幸福，並且爲你的空虛的前額奪取一個花環。

其中一個，穿著白綢衫的，知道他不能醒來；因爲他是醒著的，卻給現實弄昏迷了。於是他惴惴地逃到夢裡去，站在園裡，孤零零地站在黑漆漆的園裡。於是盛宴遠了。光又說謊。夜圍繞著他，怪清涼的。他問一個俯向他的女人說：

「你是夜嗎？」

她微笑。

於是他爲他的白袍羞了。

他想要在遠方，獨自兒，並且武裝著。

全副武裝著。

「你忘了你今天是我的僕從嗎？你想拋棄我嗎？你逃往哪裡去？你的白袍賜給我你的權……」

……………………

「你惋惜你的粗服嗎？」

……………………

「你打寒噤？……你思家嗎？」

公爵夫人微笑了。

不。但這只因爲他的童年從肩上卸下來了，他那溫軟深暗的袍。誰把它拿掉呢？「你？」他用一種他從未聽見過的聲音問。「你！」

現在他身上什麼都沒有了。他赤裸裸的和一位聖者一樣。清而且癯。

堡壘漸漸熄滅了。大家都覺得怪沉重的：爲了疲倦，爲了愛，爲了醉。經過了許多戰場上空虛的長夜：床。橡木的大床。在這裡祈禱完全異於在那淒涼的戰壕上，那，當你快要睡的時候，變成了一座墳墓的。

「上帝，隨你意罷！」

床上的禱詞是比較簡短的。

但比較熱誠。

閣上的房子是黑暗的。

但他們用微笑互相映照他們的臉。他們瞎子似的在他們面前摸索。把另一個找著了當作門。幾乎像兩個在夜裡畏怯的孩子，他們互相緊抱著。可是他們並不害怕。沒有什麼忤逆他們：沒有昨天，沒有明天；因爲時間已經崩潰了。他們在它的廢墟外開花。

他不問：「你丈夫呢？」

她不問：「你的名字？」

因爲他們互相找著，爲的是要變成大家的新血。

他們互相賜給千百個新名字，又互相收回去，輕輕地，像收回一只耳環一樣。

在廊下一張椅上，掛著那來自朗格腦的底襯衣，肩帶，和外套。他的手套在地板上。他的大旗靠著窗戶僵立著。它是黑色而且薄薄的。外面狂風疾馳過天空，把夜撕成了片片，黑的白的。月光像一道長的閃電，靜止的旗投下些不安的影子：它夢著。

一扇窗是開著的嗎？狂風到了屋裡來嗎？誰把門搖動？誰跑過各廳房？——算了罷。任憑誰也找不著閣上的房。彷彿在一百扇門後面是這兩人共有的大酣睡；共有到像同母或同死一樣。

是早晨嗎？怎麼太陽升起來了呢？這太陽多大！是鳥雀嗎？到處都是它們的聲音。

一切都是清明的，但並非白晝。

一切都在喧噪，但並非鳥聲。

那是些樑在閃光。那是些窗戶在叫。它們叫著，赤紅的，直達那站在炎炎的田野間的敵人隊裡，它們叫著：火！

於是破碎的睡眠在他們的臉上，大家都倉倉皇皇的，半鐵半裸體，從一房擠到一房，從避難所擠到避難所，並摸索著樓梯。

喇叭的窒塞的氣息在院裡囁嚅著：歸隊！歸隊！

和顫動的鼓聲。
但大旗並不在。
呼喚：旗手！
咆哮的馬，禱告，呼叫，
咒罵：旗手！
鐵對鐵，命令和鈴響；
靜：旗手！
再一次：旗手！
於是濺著白沫的馬衝出去。
……………………
但大旗並不在。

他和那些熊熊的走廊賽跑，經過許多熱烘烘地圍攻著他的門，經過那焚燒他的樓梯，他在憤怒中逃出屋外去。他臂上托起那大旗像一個暈去的白皙的女人一樣。他找著一匹馬，那簡直是一聲叫喊：經過了一切並追過了一切，甚至他自己的人。看，那大旗也醒起來了，它從不曾閃出這樣的威風；現在，所有的人都看見它了，遠遠地在前頭；認出了那清明而且無頭盔的人，也認出了大旗……

但看呀，它開始閃耀了，突然衝上前去，而擴大，而變成紫色了！

……………

看呀，他們的旗在敵人中燃起來了，他們望著它追上去。

那來自朗格腦的站在敵人的重圍中，孤零零的。恐怖在他週圍劃下了一個空虛的圈兒，他在中間，在他那慢慢燒完的旗底下兀立著。

慢慢地，幾乎沉思地，他眺望他的四週。有許多奇怪的，五光十色的東西在他面前。「花園」——他想著並且微笑了。但他這時候感到無數的眼睛釘著他，並且認識他們，知道他們是些異教徒的狗——於是他策馬衝進他們中間去。

但是因爲他背後一切又陡然閉起來了，所以那究竟還是些花園，而那向著他揮舞的十六把劍，寒光凜凜的，簡直是盛宴。

一個歡笑的瀑流。

襯衣在堡中燒掉了，那封信和一個陌生婦人的玫瑰花瓣——

翌年春天（它來得又淒又冷的），一個騎著馬的信差從比羅瓦納男爵那裡慢慢地入朗格腦城。他看見一個老嫗在那裡哭著。

泰戈爾

TAGORE

■泰戈爾（Tagore, Rabindranath; 1861-1941）

印度詩人、哲學家、社會改革家、戲劇家。一九一三年獲諾貝爾文學獎。泰戈爾出生加爾各答書香世家，家族聲望頗高，屬於婆羅門階級。父親戴本德拉納（Debendranath）是梵社（Branhmo Samai）宗教改革運動發起人之一。家中兄弟姊妹成就斐然，包括第一位躋身行政管理機關的印度人，兄長沙提恩德拉那特（Satyendranath）；還有孟加拉第一位女作家斯瓦那庫瑪麗戴維（Svarnakumari Devi）。泰戈爾嚮往自由民族主義，一九三一年榮獲英國授予爵位，但因抗議英國的殘暴殖民統治，在六年後放棄爵位。他的著名詩集《吉檀迦利》由葉慈作序，出版於一九一二年。一九一三年得到諾貝爾獎後，經常到中國、日本歐洲和美國講學。一九四一年逝於加爾各答。

無題

我在亂草叢生的小徑上走著，忽然聽見背後有人說，「看你認識我嗎？」

我回頭看見她說，「我不記得你的名字了。」

她說，「我就是你年輕時初次遇到的那大悲哀。」

她的眼睛像一個清露未消的早晨。

我默然兀立了半晌，纔說，「你已經沒有你那眼淚的重負了嗎？」

她微笑著不說什麼。我曉得她的眼淚已經學會了微笑的語言了。

「你曾經說過，」她低聲說，「你要永遠抱守著你的憂愁。」

我臉紅了說，「不錯，但年光過去了，我也就忘了。」

於是我拿她的手在手裡說，「可是你也改變了。」

「那從前是悲哀的現在變成寧靜了，」她說。

附註

流浪者之夜歌（哥德作）

這兩首同題的詩，並不是相連貫的。第一首作於一七七六年二月十二日之夕，經一度家庭口角之後。詩成，哥德立刻寄給他一生最倚重的女友石坦安夫人。第二首是一七八三年九月三日夜裡，用鉛筆寫在伊門腦林巔一間獵屋的板壁上。一八三一年八月二十六日，哥德快八十二歲了，距他的死期僅數月，他一鼓作氣直登伊門腦舊遊處，重見他三十八年前寫下的詩句，不禁潸然淚下，反覆沉吟道：

等著罷：俄頃
你也要安靜。

秋歌（波特萊爾作）

（撞角）歐洲中世紀用的一種攻城機，形如羊角。

叔本華（尼采作）

叔本華（Arthur Schopenhauer）是德國哲學家。表面上雖似相反，他的悲觀主義實在是尼采超人主義的前驅。他生於一七八八年，死於一八六〇年。

威尼斯（尼采作）

（畫艇）原文Gondola 是威尼斯獨有的一種小艇，與我國的畫艇本判然二物；不過二者皆爲遊樂而設，這一點卻頗相彷彿。

白色的月（魏爾崙作）

本詩第三節字面和原作微有出入。原作末三行大意是「垂自月華照耀的穹蒼」，譯文卻用「萬丈虹影」把詩人所感到的「無邊的靜」visualized（烘托）出來。因爲要表出原作音樂的美妙，所以擅自把它改了。

水仙的斷片（梵樂希作）

〔註一〕水仙是梵樂希酷愛的題材之一。他二十歲初次發表的詩——即水仙辭，參看我的保羅梵樂希先生，見詩與眞——便是詠它的。

一九二二年，距離水仙辭出現約三十年，他第三部詩集幻美的初版，又載了一段水仙的斷片。可是，這一次，已經不像從前那樣，只是古希臘唯美的水仙，而是新世紀一個理智的水仙了。在再版的幻美裡，我們又發現水仙的斷片的第二、第三段。所謂斷片，原就是未完成的意思，而第三段比較上更未完成。

一九二七年秋天一個清晨，作者偕我散步於綠林苑（Bols de Boulogne）。木葉始脫，朝寒徹骨，蕭蕭金雨中，他爲我啓示第三段後半篇的意境。我那天晚上便給他寫了一封信，現在譯出如下：

「……水仙的水中麗影，在夜色昏暝時，給星空替代了，或者不如說，幻成了繁星閃爍的太空：實在唯妙唯肖地象徵那冥想出神的刹那頃——『眞寂的境界』，像我用來迻譯"Pre’sence Pensive"一樣——在那裡心靈是這般寧靜，連我們自身的存在也不自覺了。在這恍惚非意識，近於空虛的境界，在這『聖靈的隱潛』裡，我們消失而且和萬化冥合了。我們在宇宙裡，宇宙也在我們裡：宇宙和我們的自我只合成一體。這樣，當水仙凝望他水中的秀顏，正形神兩忘時，黑夜倏臨，影像隱滅了，天上的明星卻一一燃起來，投影波心，照徹那黯淡無光的清泉。炫耀或迷惑於這光明的宇宙之驟現，他想像這千萬的熒熒群生只是他的自我化身……」

〔註二〕「更壞了」是「病殆了」的回聲。

〔附錄〕水仙，原名納耳斯梭，希臘神話中之絕世美少年也。山林女神皆鍾愛之，不爲動。回聲戀之尤篤，誘之不遂而死。誕生時，神人嘗預告其父母曰：「毋使自鑑，違則不壽也。」因盡藏家中鏡，使弗能自照。一日，游獵歸，途憩清泉畔。泉水瑩靜，兩岸花葉，無不澄然映現泉心，色澤分明。水仙俯身欲飲。忽覿水中麗影，綽約嬋娟，凝視不忍去。已而暮色蒼茫，昏黃中，兩頰紅花，與幻影同時寖滅，心靈俱枯，遂鬱鬱而逝。

及眾女神到水濱哭尋其尸，則僅見大黃白花一朵，清瓣紛披，掩映泉心。後人因名其花曰水仙云。詩中所敘，蓋水仙臨流自弔之詞；即所以寓詩人對其自我之沉思，及其意想中之創造之吟詠。詩人藉神話以抒寫本意之象徵而已。（一九二七年初夏譯者原註）

附錄

談詩

半畝方塘一鑑開，
天光雲影共徘徊。
問渠那得清如許？
為有源頭活水來。

詩人是兩重觀察者。他的視線一方面要內傾，一方面又要外向。對內的省察愈深微，對外的認識也愈透徹。正如風的方向和動靜全靠草木的搖動或雲浪的起伏纔顯露，心靈的活動也得受形於外物纔能啓示和完成自己：最幽玄最縹渺的靈境要藉最鮮明最具體的意象表現出來。

進一步說，二者不獨相成，並且相生：洞觀心體後，萬象自然都展示一副充滿意義的面孔；對外界的認識愈準確，愈眞切，心靈也愈開朗，愈活躍，愈豐富，愈自由。

哲學家，宗教家和詩人——三者的第一步工作是一致的：沉思，或內在的探討，雖然探討的對象往往各側重於眞、善或美一方面。眞正的分道揚鑣，卻始於第二步。因爲哲學家最終的目標是用辯證法來說明和解釋他所得的結論；詩人卻不安於解釋和說明，而要令人重新體驗整個探討的過程；宗教家則始終抱守著他的收穫在沉默裡，除了，有時候，這沉默因爲過度的豐富而溢出頌讚的歌聲來。

還有：宗教家貶黜想像，逃避形相；哲學家蔑視想像，靜觀形相；詩人卻縱任想像，醉心形相，要將宇宙間的千紅萬紫，渲染出他那把眞善美都融作一片的創造來。

在創作最高度的火候裡，內容和形式是像光和熱般不能分辨的。正如文字之於詩，聲音之於樂，顏色線條之於畫，土和石之於雕刻，不獨是表現情意的工具，並且也是作品的本質；同樣情緒和觀念——題材或內容——的修養，鍛鍊，選擇和結構也就是藝術或形式的一個重要原素。

「如其詩之來」濟慈（Keats 1795-1821）說：「不像葉子長在樹上一般自然，還是不來好。」不錯，可是我們不要忘記：葉子要經過相當的孕育和培養，到了適當的時期，適當的季候，纔能夠萌芽擢秀的。

所謂純詩，便是摒除一切客觀的寫景，敘事，說理以至感傷的情調，而純粹憑藉那構成它的形體的原素——音樂和色彩——產生一種符咒似的暗示力，以喚起我們感官與想像的感應，而超度我們的靈魂到一種神遊物表的光明極樂的境域。像音樂一樣，它自己成爲一個絕對獨立，絕對自由，比現世更純粹，更不朽的宇宙；它本身的音韻和色彩的密切混合便是它的固有的存在理由。

這並非說詩中沒有情緒和觀念；詩人在這方面的修養且得比平常深一層。因爲它得化鍊到與音韻色彩不能分辨的程度，換言之，只有散文不能表達的成分纔可以入詩——纔有化爲詩體之必要。即使這些情緒或觀念偶然在散文中出現，也彷彿是還未完成的詩，在期待著詩的音樂與圖畫的衣裳。

這純詩運動，其實就是象徵主義的後身，濫觴於法國的波特萊爾，奠基於馬拉美，到梵樂希而造極。

我國舊詩詞中純詩並不少（因爲這是詩的最高境，是一般大詩人所必到的，無論有意與無意）；姜白石的詞可算是最代表中的一個。不信，試問還有比暗香，疏影，「燕雁無心」，「五湖舊約」等更能引我們進一個冰清玉潔的世界，更能度給我們一種無名的美的顫慄的麼？

文藝的欣賞是讀者與作者間精神的交流與密契：讀者的靈魂自鑑於作者靈魂的鏡裡。

只有細草幽花是有目共賞——用不著費力便可以領略和享受的。欲窮崇山峻嶺之勝，就非得自己努力，一步步攀登，探討和體會不可。

其實即細草幽花也須有目纔能共賞。

許多人，雖然自命爲批評家，卻是心盲，意盲和識盲的。

哲學詩最難成功。五六年前我曾經寫過：「藝術的生命是節奏，正如脈博是宇宙的生命一樣。哲學詩的成功少而抒情詩的造就多者，正因爲大多數哲學詩人不能像抒情詩人之捉住情緒的脈博一般捉住智慧的節奏——這後者是比較隱潛，因而比較難能的。」因爲智慧的節奏不容易捉住，一不留神便流爲乾燥無味的教訓詩（Didactic）了。所以成功的哲學詩人不獨在中國難得，即在西洋也極少見。

陶淵明也許是中國唯一十全成功的哲學詩人。我們試翻閱他的全集，眾口傳誦的

結廬在人境，
而無車馬喧……
孟夏草木長，
繞屋樹扶疏。
眾鳥欣有託，
吾亦愛吾廬……

等詩意深醇，元氣渾成之作：或刻劃遒勁，像金剛可斲就的浮雕一般不可磨滅的警句：

形迹憑化往。
靈府長獨閑。
貞剛自有質：
玉可乃非堅，

不容懷疑地肯定了心靈的自由，確立了精神的不朽——固不必說了。即驟看來極枯燥，極迂腐，教訓氣味極重的如

人生歸有道，
衣食固其端……
先師有遺訓：
憂道不憂貧，

等，一到他的詩裡，便立刻變爲有色有聲，不露一些兒痕跡。蘇東坡稱他「大匠運斤」，眞可謂千古知言。

陳子昂的登幽州臺歌：

前不見古人，
後不見來者。
念天地之悠悠，
獨愴然面涕下！

字面酷像屈原遠遊裡的

唯天地之無窮兮，

哀人生之長勤！
往者吾不及知兮，
來者吾不聞！

陳子昂讀過遠遊是不成問題的，說他有意抄襲屈原恐怕也一樣不成問題。唯一合理的解釋，就是：或者陳子昂登幽州臺的時候，屈原這幾句詩忽然潛意識地變相湧上他心頭；或者乾脆只是他那霎時胸中油然興起的感觸，與遠遊毫無關係。因爲永恆的宇宙與柔脆的我對立，這種感覺是極普遍自然的，尤其是當我們登高遠眺的時候。試看陶淵明在飲酒裡也有

宇宙一何悠！
人生少至百……

之歎，而且字面亦無大出入，便可知了。

無論如何，兩者的訴動力，它們在我們心靈裡所引起的觀感，是完全兩樣的：一則嵌於長詩之中，激越迴盪，一唱三歎；一則巍然兀立，有如短兵相接，單刀直入。各造其極，要不能互相掩沒也。

我第一次深覺登幽州臺歌的偉大，也是在登臨的時候，雖然自幼便把它背熟了。那是在法國夏爾特勒城（Chartre）的著名莪狄式的古寺塔巓。當時的情景，我已經在別處提及。

我現在卻想起另一首我癖愛的小詩：哥德的「一切的峰頂……」。這詩的情調和造詣都可以說和前者無獨有偶，雖然詩人徹悟的感喟被裹在一層更大的寂靜中——因爲我們已經由黃昏轉到深夜了。

也許由於它的以「u」音爲基調的雍穆沉著的音樂罷，這首詩從我粗解德文便對於我有一種莫名其妙的魔力。可是究竟不過當作一首美妙的小歌，如英之雪萊，法之魏爾崙許多小歌一樣愛好罷了。直到五年前的夏天，我在南瑞士的阿爾帕山一個五千餘尺的高峰避暑，纔深切地感到這首詩的最深微最雋永的震盪與回響。

嚴滄浪曾說：「大抵禪道在妙悟，詩道亦在妙悟。」不獨作詩如此，讀詩亦如此。

王靜安論詞拈出晏殊的

昨夜西風凋碧樹。
獨上高樓
望盡天涯路。

歐陽修的

衣帶漸寬終不悔，
為伊消得人憔悴。

和辛稼軒的

衆裡尋他千百度，
驀然回首，
那人卻在燈火闌珊處。

來形容「古往今來成大事業大學問者必經過之三種境界」，不獨不覺得牽強，並且非常貼切。

這是因爲一切偉大的作品必定具有一種超越原作者的意旨和境界的彈

性與暗示力；也因爲心靈活動的程序，無論表現於那方面，都是一致的。掘到深處，就是說，窮源歸根的時候，自然可以找著一種「基本的態度」，從那裡無論情感與理智，科學與藝術，事業與思想，一樣可以融會貫通。

王摩詰的

玩奇不覺遠，
因以緣源窮。
遙愛雲木秀，
初疑路不同。
安知清流轉，
偶與前山通！

便紆迴盡致地描畫出這探尋與頓悟的程序來。

我的意思是：一切偉大的詩都是直接訴諸我們的整體，靈與肉，心靈與官能的。它不獨要使我們得到美感的悅樂，並且要指引我們去參悟宇宙和人生的奧義。而所謂參悟，又不獨間接解釋給我們的理智而已，並且要直接訴諸我們的感覺和想像，使我們全人格都受它感化與陶鎔。譬如食果，我們只感到甘芳與鮮美，但同時也得到了營養與滋補。

這便是我說的把情緒和觀念化鍊到與音樂和色彩不可分辨的程度。

陶淵明的

平疇交遠風，

良苗亦懷新，

表面只是寫景，蘇東坡卻看出「見道之言」，便是這個道理。其實豈獨這兩句？陶淵明集中這種融和沖淡，天然入妙的詩差不多俯拾即是。

又豈獨陶淵明？拿這標準來繩一切大詩人的代表作，無論他是荷馬（Homer 古希臘詩人）、屈原、李白、杜甫、但丁（Dante 1265-1321）、莎士比亞（Shakespue 1564-1616）、臘辛（Racine 1639-1699）、哥德或雨果，亦莫不若合規矩。

王摩詰的詩更可以具體地幫助我們明瞭這意思。誰都知道他的詩中有畫；同時誰也都感到，只要稍爲用心細讀，這不著一禪字的詩往往引我們深入一種微妙雋永的禪境。這是因爲他的詩正和他的畫（或宋、元諸大家的畫）一樣，呈現在紙上的雖只是山林，邱壑和泉石，而畫師的品格、胸襟、匠心和手腕卻籠罩著全景，彌漫於筆墨卷軸間。

國立中央圖書館出版品預行編目資料

一切的峰頂/沈櫻編. --二版. -- 臺北市：
大地, 2000〔民 89〕
面； 公分. --(大地譯叢；3)

ISBN 957-8290-20-9(平裝)

813.1 89008556

一切的峰頂

大地譯叢 3

譯　　者：沈　櫻
創 辦 人：姚宜瑛
發 行 人：吳錫清
主　　編：陳玟玟
封面設計：曾堯生
法律顧問：余淑杏律師
出 版 者：大地出版社
台北市內湖區環山路三段 26 號 1 樓
劃撥帳號：0019252－9(大地出版社)
電話：(02) 2627－7749
傳真：(02) 2627－0895
印　　刷：久裕印刷事業股份有限公司
二版一刷：二〇〇〇年七月
定　　價：180 元
Printed in Taiwan

大地 大地 大地 大地 大地 大地 大地 大地 大地

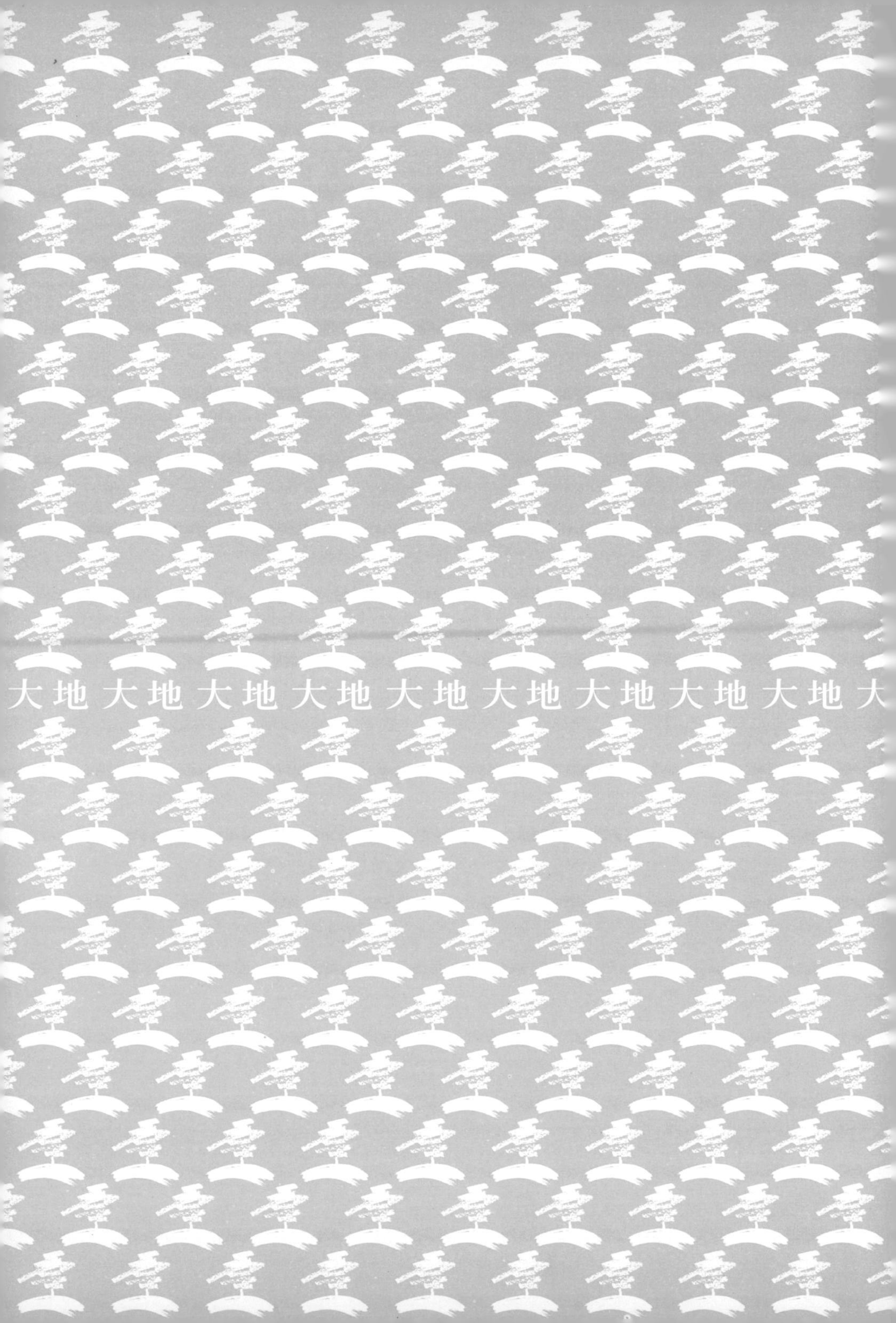
大地大地大地大地大地大地大地大地大